# 箴言集

ラ・ロシュフコー
武藤剛史訳



講談社学術文庫

# 訳者まえがき

## 作者について

『箴《しん》言《げん》集《しゅう》』の作者はラ・ロシュフコー公爵フランソワ六世（François VI, duc de La Rochefoucauld）である。

ラ・ロシュフコー家はフランス貴族のなかでも屈指の名門であったが、フランソワ六世（一六一三—八〇）の時代には、封建大貴族の勢力と威信は急速に衰えつつあった。ルイ十三世、ルイ十四世は、ともに幼くして即位したため、いずれの場合も母后《ぼこう》が摂政となったが、その摂政母后を出し抜いて権勢を誇ったのが、地方の司教から成り上がったリシュリューと、イタリア出身で素性の知れぬマザランである。ふたりはともに宰相となり、強引に中央集権化を推し進めることになるが、それはそのまま封建大貴族の力をそぎ落とすことを意味し、やがてはルイ十四世の絶対王政に帰結する。

ラ・ロシュフコーの生涯は、大きくふたつに分けることができよう。

前半生は、戦いと陰謀に明け暮れた。もともと「戦う人」である貴族の長男として生まれたラ・ロシュフコーは、当時の常として武将となるべく教育を受けた。十五歳に達しないうちに結婚、その翌年、北イタリアに遠征、自家の名を冠した部隊を率いて戦っている。そのころ、宮廷では宰相となったリシュリュー枢機卿《すうききよう》がほぼ絶対権を握り、王妃アンヌ・ドートリッシュを敵視していた。父が反リシュリューの陰謀に加担したとして、宮廷から追放されたこと、また王妃付女官のオートフォール嬢に恋していたこともあって、ラ・ロシュフコーは枢機卿に敵意を燃やし、一六三七年には無謀な王妃救出作戦を企てたが失敗、リシュリューによってバスチーユに一週間投獄されている。

一六四二年十二月にリシュリューが死に、リシュリュー没後の権力闘争で、王妃を支持するグループに接近、その中心人物であるコンデ公とその弟コンチ公と結びつき、彼らの姉であるロングヴィル夫人との関係も始まる。その翌年五月にルイ十三世が亡くなり、母后アンヌ・ドートリッシュが摂政となるが、彼女は、大方の期待を裏切って、マザランを宰相に選んだ。しかし当時は三十年戦争の最中で、ラ・ロシュフコーも戦いに参加、一六四六年、肩に銃弾を受ける重傷を負う。戦争から戻ってからも、しばらくは母后、マザランの宮廷方に力を貸したが、母后とマザランの冷たい仕打ちに怒り、ロングヴィル夫人らの反マザラン、フロンド派につき、パリ攻囲戦で重傷を負う。愛人関係にあったロングヴィル夫人が占拠中のパリ市庁舎で彼の子を出産したのも、この時期である（一六四九年）。

当初宮廷側についていたコンデ公も、このころから一転して反宮廷貴族が結集するフロンド派の中心となったが、ラ・ロシュフコーは終始コンデ公に忠実で、コンデ公が逮捕されたあとも、宮廷軍と戦い続ける。宮廷はフロンド派貴族に対し大逆罪を宣告、ラ・ロシュフコーもいっさいの官職を奪われたうえ、愛着深いヴェルトゥイユの城が徹底的に破壊された。

それでもなお、彼は宮廷によって長らく監禁されていたコンデ公、そしてコンチ公の釈放のために、マザランと秘密交渉までしている。サン＝タントワーヌ城門の戦いでは、敵軍を迎え撃って、あやうく失明するほどの重傷を負った（一六五二年）。しかし結局のところ、フロンドの乱は、宰相マザランの老獪《ろうかい》な術策を前に完敗し、これを機に、ラ・ロシュフコーも、戦いと陰謀の日々に終止符を打つことになる（一六五三年）。

かくして、ラ・ロシュフコーの後半生が始まる。彼はまず、波瀾《はらん》に満ちた青春を語る『回想録』を執筆する。パリのセーヌ街にあるリアンクールの邸宅に滞在することを好んだが、この邸宅は、母方の叔父夫妻の住まいで、そのサロンには当時のすぐれた文化人たちが数多く集うことで有名だった。『クレーヴの奥方』の作者ラファイエット夫人と知り合ったのも、このころからだったとされる。当時のサロンでは才気（エスプリ）を競う遊びが盛んで、文章による「肖像」や、とりわけ恋をめぐる格言、警句などが流行した。

そうしたサロンの雰囲気のなかで、ラ・ロシュフコーの箴言も書かれたが、『箴言集』の成立に大いに関わりがあるのはサブレ夫人のサークルである。夫人は若いころランブイエ夫人のサロンに出入りした才色兼備の女性だったが、一六五六年以後はポール＝ロワイヤル修道院の隣接地に住み、同修道院を本拠地とするジャンセニスト（後述）たちと交流を持ち、ジャック・エスプリ、リアンクール夫人などとも親しくなった。ラ・ロシュフコーはサブレ夫人と旧知の仲であったが、このころから交際が密になった。サブレ夫人、そしてジャック・エスプリも箴言を作っており、ラ・ロシュフコーも、彼らと競い合い、批評し合いながら、箴言の腕を磨いたようである。

## 『箴言集』について

ラ・ロシュフコーがいつごろから箴言を書き始めたかは、はっきりしないが、一六五九年のサブレ夫人やジャック・エスプリ宛の手紙には自作への言及が見られることから、遅くとも一六五八から五九年には、意識的に書き留めるようになっていたと思われる。

一六六四年、彼の箴言百八十八篇《へん》が著者の許可なしにオランダで刊行されたことを知ると、ラ・ロシュフコーはただちにみずから初版を出すことにする。パリのバルバン書店から一六六五年に刊行された初版は三百十八篇の箴言を収録している。以後、その翌年には第二版三百二篇、七一年第三版三百四十一篇、七五年第四版四百十三篇、著者が校閲したものとしては最後になる第五版（七八年）には五百四篇が収録されている。当然ながら、版を重ねるごとに、著者は綿密な加筆や訂正を行っている。

すでに述べたように、ラ・ロシュフコーの箴言集が一冊の本となり、世に出ることに寄与したのはサブレ夫人とその周辺のジャンセニストたちであった。ラ・ロシュフコーの『箴言集』にも、ジャンセニスムの影響が色濃く見られるとされている。

ジャンセニスムは、カトリックに属しながらも、プロテスタントに近い深刻なペシミスムを特徴とする。原罪を犯して以来、自己愛に毒され、悲惨な罪の状態に陥っている人間には、みずからの意志や努力によって原罪を克服し、救済にいたる道は閉ざされている。ひたすら神を畏《おそ》れ、聖寵《せいちょう》による救済を願うほかすべはない。それゆえ、ジャンセニストたちにとっては、自己愛という悪を見据え、人間の悲惨な状態を厳しく認識することこそが、神に近づく道なのである。

ジャンセニスムは聖アウグスティヌスの教えを汲《く》むものとされているが、ラ・ロシュフコー自身、『箴言集』初版の序文において、「これらの省察は初期キリスト教会の教父たちの思想に忠実な倫理の要諦《ようてい》にほかならず」、「もしこの本を断罪するなら、かの偉人たちの考えをも断罪することになる」と述べている。

以上のこととも関連するが、ラ・ロシュフコーはみずからの『箴言集』を反セネカの書であるとしている。セネカは、古代ローマのストア派を代表する哲人である。ルネサンス以来、フランスにおいても古代ギリシア・ローマの文学・思想はひとつの理想・規範とされてきたが、ラ・ロシュフコーはセネカ流の人間理性および意志への過信を批判し、揶揄《やゆ》している。ちなみに、『箴言集』の初版本には一枚の扉絵が添えられている。童子の天使がしかめ面をした老哲人の胸像（セネカの名が記されている）を右手で指さし、左手には女の仮面（おそらくは美徳の女神）をぶらさげながら、こちらを向いて笑っている。要するに、セネカに代表されるストア派の理想的人間像、すなわち理性と意志によってみずからを厳しく律する人間なるものは偽りであるから、その仮面を剝《は》いでやろう、というわけである。

逆にラ・ロシュフコーが称揚するのは、セネカの克己主義、禁欲主義の対極に立つエピクロスである。ラ・ロシュフコーは「道徳において、セネカは偽善者であり、エピクロスは聖人だと思う」と言い、人間の弱さや惨めさをありのままに認め、自然かつ率直に生きることをよしとするエピクロスに強い共感を示す。

最後に、ラ・ロシュフコーがこうした人間観を抱くようになった根本理由はいったい何か、という疑問が残るだろう。彼が前半生に味わった失意、落胆、幻滅にその原因があるとされることが多いが、果たしてそうだろうか。たしかに彼の前半生は、失意、落胆、幻滅に満ちている。そうした苦い体験は、彼の人間洞察力を深めたには違いないが、しかしそれによって、彼の人間認識が根本的に変わったとは思われない。彼の人間を見る目、そして自分自身を見る目は鋭く、個人的体験のいかんにかかわらず、神からの自立をとげ、人間中心主義を標榜《ひょうぼう》する近代人の本質、本性を早くから見抜いていたと思われる。彼は、自分自身、そして自分の個人的運命さえも客観視できるだけの強靭《きょうじん》な精神、心の余裕、ユーモアさえ備えており、だからこそ、彼の人間観察は現代にも通用する普遍性を獲得しているのである。

**翻訳について**

翻訳に使用したテキストはつぎのとおりである。

La Rochefoucauld, *Maximes*, édition de Jacques Truchet, Classiques Garnier, Bordas, Paris, 1992

このトリュシェの校訂版は、現在のところ、もっとも信頼し得る刊本と考えられるので、これを底本とし、つぎの諸版を適宜参照した。

*Œuvres complètes*, Bibliothèque de la Pléiade, Gallimard, 1964
*Maximes et Réflexions diverses*, Folio classique, Gallimard, 1976
*Maximes*, Les Classiques de Poche, Le livre de Poche, 1991

翻訳に際して、内藤濯《あろう》、関根秀雄《ひでお》、吉川浩《ひろし》、二宮《にのみや》フサの諸氏の訳業を参照した。また英訳ではつぎを参照した。

*Maxims*, translated by Leonard Tancock, Penguin Classics, 1959

配列についても、トリュシェ版に従っている。

（1）最初の「道徳的考察」は、著者が校閲した最後の版、つまり第五版（一六七八年）の全篇である。
（2）「削除された箴言」のうち、最初の六十篇は、第一版にはあったが、第二版以降では削除されたもの。61は第三版で削除。62から74は、第四版にはあったが、第五版では削除されている。
（3）「没後収録の箴言」は、著者生前の版には収録されなかったものである。ただし、著者の了解なしに生前に公表されたものも含まれる。
（4）「さまざまな考察」は、箴言とは別に書かれた散文小品を収録したものである。
（5）「ラ・ロシュフコー自画像」は、最初、モンパンシエ嬢に捧《ささ》げられた『肖像集』（一六五九年一月刊行）に収録された。

訳文は、分かりやすく、読みやすいよう心掛けたが、同時にまた、原文の文脈やロジックをできるだけ生かすよう努めた。

ラ・ロシュフコーの思想のいくつかのキイワードについて、訳語を統一することも考えたが、そうすると日本語として不自然かつ単調になってしまうので、文脈にしたがって柔軟に訳語を変えていることをご了解いただきたい。

たとえば orgueil には、「慢心」「傲慢」「思い上がり」「自尊心」「プライド」などの訳語を当てている。また esprit についても、適宜「才気」「精神」「知性」と訳し分けている。

とくにつぎの二語の訳語に関して、注記しておきたい。

passion(s) は、総体的あるいは力量的に述べている場合には「情熱」、個別的あるいは質的に述べている場合は「情念」とした。

humeur(s) は、基本的には「気質」と訳したが、ときには現代風に「気分」としたほうがぴったりする場合もある。さらには語源的にその配合が人間の気質を決定するとされていた「体液」の意味で用いている場合もある。

なお、訳文中に、現代においては不適切と言われるべき表現が含まれている。これらは、古典作品の原文を尊重するうえで、不可避的に訳出せざるを得ないものであることを、あらかじめお断りしておきたい。

目次

# 書肆から読者へ

ここにお届けする『道徳的考察』第五版は、これまでの四つの版に比べ、百以上の箴言を新たに加えるとともに、それぞれの文章もより的確になっております。読者の皆さまからいただいた絶大なるご支持に鑑《かんが》みれば、私が本書について多言を弄《ろう》する必要はないと存じます。本書が、私が信じるとおりのものであるとすれば、そして私はそう固く信じるものですが、本書のために弁明する必要があると想像すること以上に不当な評価はありますまい。そこで私は、皆さまにふたつのことをご注意申し上げるにとどめたい。ひとつは「欲得(intérêt)」という語について。本書では、この語はかならずしも物欲を意味せず、たいていは名誉欲や名声欲を意味しております。もうひとつは、本書に収められたすべての考察を支える根本思想と言ってもよいのですが、著者は人間というものを原罪によって本性が腐敗した嘆かわしい状態において考察したということです。ですから、著者が見せかけの美徳の背後に隠された無数の欠点を暴き出しているとしても、それは神が格別の恩寵《おんちょう》によってお守りくださっている人びとにはまったくかかわりのないことです。

最後に、これらの考察の配列について一言申し添えると、すぐにもお察しいただけると存じますが、それぞれの内容が多岐にわたっておりますので、一定の順序にしたがって並べることは困難でした。同じ主題についていくつもの考察がありますが、かならずしもそれらをひとつにまとめることはいたしませんでした。読者の皆さまを退屈させるのを恐れてのことです。

# 道徳的考察

われわれの美徳とは、たいていの場合、
偽装された悪徳にほかならない。

1　われわれが美徳と思っていることも、じっさいには、さまざまな行為とさまざまな欲得がないまぜになったものにすぎない場合が多い。ただ、運によって、あるいはわれわれがうまく立ち回ることによって、それがたまたま美徳に見えているだけのことである。そんなわけで、男が勇敢そうにふるまっても、かならずしも勇敢だからではないし、女が貞淑そうにふるまっても、かならずしも貞淑だからではない。

2　自己愛こそ、おべっか使いの最たるものである。

3　自己愛の国[1*]では、すでにどれほど多くのことが発見されているとしても、まだまだ多くの未知の土地が残されている。

4 自己愛は、どんなに賢い人間よりもさらに賢い。

5 われわれの情熱がどれほど続くかは、われわれの寿命と同じく、自分の思いどおりにはならない。

6 情熱は、しばしば、どんなに賢い人間でも愚かにするし、どんなに愚かな人間でも賢くする。

7 誰もが目を見張るような偉大で華々しい行動は、世の政治屋たちに言わせれば、遠大なる計画にもとづいて行われたものである。ところがそれは、たいていの場合、気分と情念がしでかしたものにすぎないのだ。アウグストゥスとアントニウスの戦い[*2]もそのとおりで、ふたりがそれぞれに天下を取ろうという野望を抱いて起こしたとされるが、おそらくは互いの嫉妬《しっと》心《しん》がその発端なのである。

8 情熱は、どんな相手でも説得してしまう唯一の雄弁家である。それは、規則正しく動いて過《あやま》つことがない自然の働きのようなものである。どんなに単純な人間でも、ひとたび情熱を持つと、どんなに雄弁であっても情熱を持たない人間よりも、ずっとうまく相手を説得する。

9　情熱は公平ではなく、欲得もからんでいるから、情熱の言いなりになるのは危険であり、どれほど道理にかなっているように思われる場合でも、用心してかからねばならない。

10　人間の心には、つぎつぎに情念が生まれる。ひとつの情念が消えたあとには、ほとんどかならず、別の情念が居座る。

11　情念は、往々にして、自分とは正反対の情念を生み出す。貪欲《どんよく》がときに浪費癖を生み、浪費癖が貪欲を生む。人はしばしば、弱いから強情になり、臆病だから大胆になる。

12　人は自分の情念を敬虔《けいけん》や礼節のヴェールで包み隠そうとするが、いくら用心しても、情念は透けて見えてしまう。

13　われわれの自己愛にとっては、自分の意見を非難されるよりも、自分の趣味をけなされるほうがいっそう耐えがたい。

14　人間は、人から受けた恩恵も、また侮辱さえも、往々にして忘れてしまう。それどころか、恩を受けた人を憎むようにもなるし、自分を侮辱した人を憎むのをやめてしまうことさえある。善には報い、悪には復讐《ふくしゅう》すべきだという義務感が一種の拘束に思われ、それに従うのが苦痛になってしまうのだ。

15 君主の寛大さは、たいていの場合、民心を得ようとする策略にほかならない。

16 こうした寛大さを人は美徳と称するが、じつのところ、あるときは虚栄心から、ときには怠惰から、しばしば恐れから、そしてほとんどいつもこの三つを合わせた感情から、生まれるのだ。

17 幸福な人びとが慎み深いのは、幸運に恵まれているために、つねに平静な気分でいられるからである。

18 慎みとは、幸福に酔いしれる人間が、羨望《せんぼう》や侮蔑《ぶべつ》の的になるのを恐れて、周囲に示す態度である。だがじっさいには、自分の優越感をうぬぼれたっぷりに見せつけているだけのことだ。そもそも、栄達を極めた人びとの慎みなるものも、運が定めた以上に自分は偉大な人間なのだと思われたい願望なのである。

19　われわれは誰も、他人の不幸を耐え忍ぶには十分な力を持っている。

20　賢人たちの毅然《きぜん》とした態度も、精神的動揺を心のなかに閉じこめておくための小細工にすぎない。

21　徒刑場に向かう囚人が、ときに死を恐れぬ毅然たる態度を装うことがあるが、じつのところ、死と向き合うのを恐れているからなのだ。それゆえ、毅然たる態度がその囚人の精神に果たす役割は、ちょうど目隠しの帯が彼らの目に果たす役割に等しいと言えるだろう。

22　哲学は過去および未来の悪には苦もなく打ち勝つ。しかし現在の悪は哲学に打ち勝つ。

23　死を知る人はほとんどいない。人が死の苦しみに耐えるのは、たいていの場合、覚悟してではなく、放心や習慣に紛れてのことにすぎない。ほとんどの人間は、死なねばならないから死ぬのだ。

24　偉人たちが長く続く不運に打ち負かされるのを見ると、彼らがそれまで不運に耐えていたのは、魂の力によってではなく、野心の大きさによってであったことが分かる。虚栄心が大きいことを別にすれば、英雄たちも普通の人間なのだ。

25 不運に耐える場合よりも、幸運に耐える場合のほうが、より大きな精神力を必要とする。

26 太陽をじっと見つめることはできない。死もそのとおり。

27 人はしばしば、どんなに罪深い情念でも自慢してはばからないが、後ろめたく恥ずべき情念である羨望だけは、誰もけっしてそれを打ち明けようとはしない。

28 執着心は、むしろ正当であり、道理にもかなっていると言えよう。なぜならそれは、われわれに属するよいものを、少なくともわれわれが自分に属すると信じているよいものを、失うまいとする感情にほかならない。それに対して羨望は、他人がよいものを所有していることを我慢できない狂った情念である。

29 われわれがしでかす悪でさえ、われわれの長所や美点ほどには、迫害や憎しみを招くことはない。

30 われわれが本来持っている力は、われわれの意志以上に強いのだ。それゆえ、何ごとであれ、それを不可能だと思い込むのは、たいていの場合、自分自身に対する言い逃れにすぎない。

31 もしわれわれ自身に欠点がまったくなかったならば、他人の欠点をあげつらうことに、あれほど大きな喜びを覚えるはずはあるまい。

32 嫉妬は、猜疑《さいぎ》心《しん》にかき立てられて、だんだん大きくなっていく。ところが、疑いが確信に変わったとたん、嫉妬は、狂おしい激情となることもあるが、反対にきれいさっぱり消えてしまうこともある。

33 自尊心はかならず元を取り返す。見栄《みえ》を棄《す》てても、何ひとつ損はしない。

34 もしわれわれ自身に慢心がまったくなかったならば、他人の慢心について、あれこれ文句を言ったりはしないだろう。

35 慢心はあらゆる人間に等しく備わっている。人によって違うのは、それを表に現す手段や流儀だけである。

36　自然は、われわれを幸福にするべく、肉体の諸器官をかくも精妙に配置してくれたように、自分が不完全な存在であることを知るつらさを味わわずにいられるようにと、われわれに慢心を与えてくれたらしい。

37　過ちを犯した人たちをわれわれが叱責《しっせき》するのは、善意からというよりも、むしろ傲慢《ごうまん》からである。われわれが彼らを叱《しか》るのは、彼らを改めさせるためというよりも、自分自身はそうした過ちを免れていることを彼らに納得させるためなのだ。

38　われわれが約束するのは、期待によってであるが、その約束を守るのは、心配や危惧からである。

39　私欲はあらゆる種類の言葉をしゃべるばかりか、あらゆる種類の人物を、まったく無欲な人物をさえ、演じる。

40　私欲は、人を盲目にすることもあれば、目を開かせることもある。

41　小事にこだわりすぎる人間は、往々にして、大事をなしとげることができない。

42　われわれは、自分の理性が命ずるままに生きようとしても、それだけの力がない。

43　人間は、何かに動かされているときにも、自分から行動していると思い込むものである。知性によってある目的に向かっているつもりでいても、いつの間にか、心が別の目的に向かわせている。

44　精神の強さとか弱さとか言われるが、正しい言い方ではない。それらは、じっさいには、体のどこかの調子がよかったり、悪かったりするだけのことなのだ。

45　われわれの気分の気まぐれは、運の気まぐれよりはるかに奇想天外である。

46　哲学者たち[3*]が生きることに執着したり、逆に無欲であったりしたのは、彼らの自己愛の好みの問題でしかなかった。だから、その良《よ》し悪《あ》しをあげつらうのは、味や色の好みを論ずるのと同じく、およそ無意味なことである。

47　われわれの気分は、運がわれわれにもたらすあらゆるものに値段をつける。

48 ほんとうの喜びは、好きになることにあるのであって、事物のなかにあるのではない。人が幸福になるのは、自分が好きなものを持つことによってであり、他人が好ましいと思うものを持つことによってではない。

49 人は誰も、当人が想像するほど、幸福でもなければ不幸でもない。

50 自分には取り柄があると信じる人間は、不幸であることを誇る。それは、他人に、そして自分自身にさえ、自分は運の犠牲となるに値する人間なのだと思わせるためである。

51 かつて自分が褒めていたものを、いつの間にか、けなすようになっていることにふと気づく、そんなときほど、われわれの自己満足がしぼんでしまうことはあるまい。

52 それぞれの運がどれほど違っているように見えるとしても、多かれ少なかれ、禍福が相殺されるので、結局、どんな運も同じだということになる。

53 自然がどれほど大きな長所を与えてくれたとしても、英雄が出現するには、自然の力だけでは足りず、そこに運というものが加わる必要がある。

54　昔の哲学者たちが富を軽蔑したのは、運の不公平に対して、運が自分に与えてくれなかった富そのものを軽蔑することで、復讐しようとしたのである。それは、貧乏によって卑屈にならないための秘策であったし、また富によっては得られなかった名望に到《いた》り着くための迂《う》回路《かいろ》にほかならなかった。

55　世の人気者を憎むのは、自分が人気に執着しているからにほかならない。人気者を軽蔑することで、人気を得られない恨みが慰められ、和らげられる。われわれが人気者を称賛しようとしないのは、世間の称賛の的になっているものを彼らから奪い取ることができないからである。

56　社会的地位を築くために、人は、すでに社会的地位を得ているように見せかけるべく、あらゆることをやってのける。

57　人はよく大事業をなしとげたと自慢するが、それは、たいていの場合、遠大な計画の結実などではなく、偶然の産物にすぎないのだ。

58　われわれの行動は、それぞれに、幸運の星、不運の星を持っているように思われる。われわれの行動に与えられる称賛ないし非難の大部分は、その星がもたらしたものである。

59 どんなに不幸な出来事でも、賢い人間なら、そこからなんらかの利得を引き出すが、どんなに幸運な出来事でも、うかつな人間は、それを禍《わざわい》にしてしまう。

60 運というものは、すべてを自分が寵愛《ちょうあい》する者たちのために取り計らう。

61 人の幸と不幸は、運にも左右されるが、その人間の気質にも左右される。

62 誠実さとは心を開くことである。だが、それはめったに見られない。普通に目にする誠実さとは、他人の信頼を得るための巧妙な策略にすぎない。

63 われわれが嘘《うそ》を激しく非難するとき、そこには、たいていの場合、自分の証言を大いに信用させ、宗教的な畏敬《いけい》をもって自分の言葉を聞くようにさせたいという下心が働いている。

64 真実はこの社会に、真実のまがいものが害をもたらすほどには、益をもたらさない。

65　思慮深さにはあらゆる賛辞が与えられる。だがその思慮深さといえども、物事の成り行きや結果について、われわれに何ひとつ保証してはくれないだろう。

66　聡明《そうめい》な人間なら、自分のさまざまな欲得を正しく序列化し、ひとつずつ順に処理していくはずだ。ところが、われわれは、貪欲にも一度にたくさんのものを追いかけまわすから、たいてい、その順番が狂ってしまう。人は、まったく取るに足らないものを懸命に追いかけて、肝心かなめなものを取り逃がしてしまう。

67　優雅さの肉体に対する関係は、良識の精神に対する関係に等しい。

68　恋を定義することはむずかしい。恋について言えるのは以下のことである。すなわち、魂においては相手を支配したいという情念であり、精神にとっては共感であり、肉体においては、多くの秘め事を重ねたあげくに、愛するものを所有したくなるというあの隠微な欲求にほかならない。

69　ほかの情念が混じらない純粋な愛というものがあるとしても、それは心の奥底に隠され、われわれ自身も知らない愛である。

70 どんなに取り澄ましていても、ほんとうに愛しているなら、愛していることを、長いあいだ、隠し続けることはできないし、反対にまた、愛してもいないのに、愛しているふりをし続けることもできない。

71 ひとたび愛し合わなくなると、かつて愛し合ったことを恥ずかしいと思わない者はほとんどいない。

72 恋は、それが及ぼす作用の大半から判断するに、友情よりも、むしろ憎しみに似ている。

73 色恋沙汰をまったく経験しなかったという女性はさほどめずらしくないが、それを一度しか経験しなかったという女性はめったにいない。

74 恋そのものは一種類しかないが、さまざまに異なるコピーが無数にある。

75 恋も、火とおなじように、たえずかき立てられていないと、生き続けられない。それゆえ恋は、期待したり、心配したりすることをやめると、じきに死んでしまう。

76　真実の愛とは、霊の出現のようなものである。誰もがそれを話題にするが、じっさいに見た人はめったにいない。

77　愛はさまざまな人間関係に自分の名前を貸すが、そうした人間関係においても、愛そのものはほとんど何の役割も果たしていない。それは、ヴェネツィア市政において、総督の役割[4*]が名ばかりであるのと同じである。

78　正義を愛すると言っても、ほとんどの人間の場合、不正に苦しむのを恐れているだけのことである。

79　沈黙は、自信のない者がわが身を守るためのもっとも安全な方法である。

80　友情において、われわれの気持ちがかくも揺れ動くのは、魂の働きを探るのはむずかしい反面、知性の働きを見抜くのは容易だからである。

81　われわれは、自分との関係においてでなければ、何ひとつ愛することはできない。自分自身より友人を好むという場合でさえ、自分の好みや自分の喜びに従っているにすぎない。とはいえ、自分よりも友人を好むことによってはじめて、友情は真実かつ完全なものになるのだ。

82 われわれが敵と和解するのは、自分の立場をよくしておきたい、闘いに飽きた、下手をすると負けるかもしれない、そんな理由からでしかない。

83 人が友情と呼んでいるものは、単なる付き合い、持ちつ持たれつの関係、相互奉仕などでしかない。要するにそれは、互いの自己愛がしきりに何かをせしめようとたくらむ取引にすぎないのだ。

84 友人に騙《だま》されるより、友人を信用しないほうが、もっと恥ずかしい。

85 自分よりも権勢のある人たちをほんとうに愛していると思い込むことがよくある。とはいえ、そんな友情は欲得ずくにすぎない。われわれが彼らに奉仕するのは、彼らの役に立ちたいからではなく、彼らから何かをせしめたいからなのだ。

86 われわれの不信は、相手の裏切りを正当化する。

87 人間は、互いに騙され合っていなければ、長く付き合ってはいけないだろう。

88　われわれの自己愛は、われわれが友人たちから得る満足の度合いに応じて、彼らの長所を大きくもし、また小さくもする。われわれは、彼らの美点を、自分に対する彼らの日頃の態度によって判断する。

89　誰もが自分の不確かな記憶力を嘆くが、判断力の弱さを嘆く者はひとりもいない。

90　日頃の付き合いで、人を喜ばせるのは、われわれの長所よりも、むしろ欠点である。

91　どれほど大きな野心でも、それを達成することが絶対に不可能な状況下では、まったく野心らしく見えないものだ。

92　自分をひとかどの人物だと思い込んでいる人の目を覚まさせることは、港に到着する船をすべて自分のものだと信じていたあのアテネの狂人[5*]にそうしたのと同じくらい、当人にとっては傍迷惑《はためいわく》な話である。

93　老人たちが教訓を垂れるのが好きなのは、もはや悪い手本を示すことができなくなった自分を慰めるためである。

94 由緒ある名前も、それをしっかり担うことができなければ、当の人間を高めるどころか、むしろ貶《おとし》めるだけである。

95 世に抜きんでた美点であるしるしは、それをもっとも羨《うらや》んでいる者でさえ称賛しないではいられないのを目の当たりにすることである。

96 ひとくちに恩知らずと言っても、その忘恩の責任が、当人よりもむしろ、彼に恩をほどこした人間のほうにある、という場合もないわけではない。

97 かつて知性と判断力はまったく別物だと思い込んだ人は間違っていたのだ。判断力とは、知性の光の大きさにほかならない。この光が事物の奥底まで達して、気づくべきあらゆるものに気づき、感知できそうにないものさえ見抜くのである。それゆえ、人が判断力のおかげだとしているあらゆる成果をもたらしているのは知性の光の広がりであることを、まずもって認めておかねばならない。

98 誰もが心の自慢はするが、知性の自慢はあえてしない。

99　知性の礼節とは、高尚で繊細優美な物事を考えることにある。

100　知性の洗練とは、人を喜ばせることを感じよく言うことである。

101　ある事柄が、われわれの知性がいかに工夫しても不可能なほどに、すっかり出来上がった形で、ふいにわれわれの知性に現れてくることがよくある。

102　知性はいつも心に騙される。

103　自分の知性を知っている人の誰もが、自分の心を知っているとはかぎらない。

104　人間でも、事柄でも、それを見るのにふさわしい視点というものがある。近づいてみなければ、正しく判断できないものもあるし、逆に、遠ざかってみなければ、けっしてよく見えるようにならないものもある。

105　たまたま道理を見つけた人間を理性的とは言わない。真に理性的な人間とは、道理を知り、道理を見分け、道理をかみしめる者のことである。

106 物事をよく知るには、その細部を知らなければならない。ところが、細部はほとんど無際限なので、われわれの知識はつねに表面的かつ不完全でしかない。

107 けっしてコケット[6*]なふるまいはしませんとわざわざ言うのも、一種のコケットリー[6*]である。

108 知性には、心が命ずる役を長いあいだ演じ続けることなど、とうていできまい。

109 血気盛んな若者は、自分の好みをつぎつぎに変える。老人が好みを変えないのは惰性でしかない。

110 忠告ほど、人が気前よく与えるものはほかにない。

111 女を愛すれば愛するほど、その愛は憎しみに近づく。

112 知性の欠陥は、老いるにしたがって目立つようになる。ちょうど顔の欠点と同じように。

113
よい結婚はあるが、甘美な結婚はどこにもない。

114
われわれは、敵に騙されたり、友に裏切られたりすることにはとうてい我慢できないが、自分自身に騙されたり、裏切られたりした場合には、むしろ喜んでしまう。

115
自分でも気づかぬまま、自分を騙すのはたやすいが、人に気づかれないまま、人を騙すのはむずかしい。

116
忠告を求めたり、与えたりすることほど、誠意を欠く行動はほかにない。忠告を求める者は、友の意見にうやうやしく聞き従っているように見えても、じっさいには、自分の意見に賛同してもらい、自分の行動の保証人になってもらうことしか考えてはいない。また忠告を与える者も、自分に示された信頼に熱心かつ無欲に応えているように見えるが、たいていの場合、自分の利益や栄誉のことしか考えてはいない。

117
もっとも巧妙な駆け引きとは、自分に仕掛けられた罠《わな》に嵌《はま》ったふうをたくみに装うことである。それゆえ、人を騙そうと思っているときほど、たやすく騙されることはない。

118
騙すまいとすると、往々にして騙される。

119 われわれは、他人に自分を偽ることにすっかり慣れているものだから、最後には、自分に対しても自分を偽ることになる。

120 人が裏切るのは、たいていの場合、裏切ろうという明確な意志からというよりも、弱さのせいである。

121 人がよいことをするのは、多くの場合、罰せられずに悪いことができるようになるためである。

122 自分の情念を抑えることができる場合もたしかにあるが、それは、われわれの意志が強いからというよりも、むしろ情念が弱いからである。

123 うぬぼれることをまったく知らない人間には、ほとんど何の楽しみもないだろう。

124 世の才人たちは、生涯を通じて、他人《ひと》が策略を使うことを厳しく糾弾するふりをし続けるものだが、それはいずれ、自分自身、何か大きなチャンス、大きな利益のために策略を使おうという魂胆からである。

125 しょっちゅう策略を使うのは、小ざかしさのしるしである。あるところでうまく本心を隠すことができた者も、たいていの場合、別のところで正体をさらしてしまう。

126 策略を使ったり、裏切ったりするのは、器量に乏しいからである。

127 もっとも騙されやすいのは、自分がほかの誰より察しがいいと思い込んでいる人間である。

128 技巧を凝らしすぎるのはまがいの洗練である。真の洗練とは手堅い技巧である。

129 精神が雑だからこそ、賢い人間に騙されないですむという場合もある。

130 弱さは、矯正することができない唯一の欠点である。

131 ひとたび色恋に溺《おぼ》れてしまった女にとって、色恋にふけることはほんの小さな過ちでしかなくなる。

132 自分に対して賢明であることよりも、他人に対して賢明であることのほうが、むしろたやすい。

133 優れた模作だけが、つまらぬ原作のおかしなところをあからさまにしてみせる。

134 人がこっけいに見えるのは、当人が持っている品性のせいではなく、持ってもいない品性を持っているかのようにふるまうからである。

135 人は、他人と自分が違うように、自分自身とも違う人間になってしまうことがしばしばある。

136 恋について何も聞いていなければ、けっして恋などしなかっただろうと思われる人もいる。

137 虚栄心がしゃべらせなければ、人は寡黙になる。

138 人は皆おしゃべりだから、自分の悪口でさえ、ついしゃべりたくなってしまう。

139
会話において、思慮深く感じのよい人にはめったに出会えないが、その理由のひとつは、誰もが自分の言いたいことばかり考えていて、相手が言ったことに丁寧に答えようとする者はほとんどいないということである。どれほど聡明で愛想がよい人でさえ、相手の言葉に注意深く耳を傾けているふりをしてはいても、彼らの目つきや表情を見れば、相手の言葉には上の空で、早く自分の言いたいことに話題を戻そうとしか考えていないことがよく分かる。だがそのように、自分のことしか眼中になければ、他人を喜ばせることはできないし、ましてや相手を説得することなどとうていできない。よく聞き、よく答えることこそ、会話の極意である。

140
才知にあふれた人間も、愚か者がいっしょにいないと、たいてい拍子抜けして、すっかりまごついてしまうだろう。

141
われわれはよく、けっして退屈しないと自慢する。誰もが相当なうぬぼれ屋だから、自分が付き合いの悪い退屈な人間だとは思いたがらないのだ。

142
わずかな言葉で多くのことを語るのが聡明な精神の特性であるとすれば、愚昧な精神は逆に、多弁を弄しながら何も語らないという天分を持っている。

143 われわれが他人の長所を褒めそやすのは、純粋に他人の価値を評価してというよりも、むしろわれわれ自身の判断力を評価してもらいたいと思ってのことである。それゆえ、われわれが他者《ひと》を褒めているように見えるときでも、じつは自分を褒めてもらいたがっているのだ。

144 われわれはもともと、他人を褒めたいなどとは少しも思っていない。それゆえ、自分の利益にならないなら、けっして他人を褒めたりはしない。称賛は、巧妙かつ狡猾《こうかつ》に隠蔽《いんぺい》されたお追従《ついしょう》にほかならず、それを与える人とそれを受ける人では、そこから得られる満足はまったく異なる。称賛を受ける人は、それを自分の価値に対する当然の報いと見なすし、一方、それを与える人は、自分の公平さと他人の価値を見抜く力をひけらかすためにそうするのだ。

145 われわれが他人《ひと》を褒めるとき、そこには毒が込められている場合が多い。つまり、ほかの仕方では暴くことがはばかられる他者の欠点をあぶり出すような逆説的な褒め方をするのだ。

146 われわれが他人を褒めるのは、たいてい、褒められたいという気持ちからでしかない。

147 自分を欺く称賛よりも自分に役立つ叱責を受けたいと願うほどに賢明な人はほとんどいない。

148 ほんとうは相手を褒めている叱責もあれば、逆に相手をけなしている称賛もある。

149 称賛を固辞するのは、もう一度褒められたいという魂胆からである。

150 人から与えられた称賛にふさわしくありたいという願いは、われわれの美徳を高める。知性、勇気、美しさに与えられた称賛は、それらを養い育てるのに役立つ。

151 他人から支配されないようにするのは、他人を支配するよりむずかしい。

152 われわれがうぬぼれの気持ちをまったく抱いていなければ、他人のお追従がわれわれを害することもないだろう。

153 自然が人間の長所を造り出し、運がそれを活かす。

154 分別によってさえ矯正されないような欠点でも、運によって矯正されることがある。

155 長所を備えていながら毛嫌いされる者もいれば、欠点だらけでありながら気に入られる者もいる。

156 馬鹿なことを言ったり、したりして、重宝がられることが唯一の取り柄という人たちがいるが、彼らがそうしたふるまい方をやめるなら、すべてを台無しにしてしまうだろう。

157 偉人たちの栄光は、どんな場合であれ、それを獲得するために用いた手段によって測られるべきである。

158 お追従は、われわれの虚栄心によってしか通用しない贋金《にせがね》である。

159 偉大な素質を持つだけでは十分ではない。それをうまく使いこなすすべを心得なければならない。

160 いかに華々しい行為であっても、それが偉大な計画のもとになされたのでなければ、偉大と見なすべきではない。

161　行為がもたらし得る結果のすべてを引き出そうと思うなら、行為と計画のあいだにそれなりの釣り合いがなければならない。

162　凡才を巧みに操る小ざかしい知恵ばかりがもてはやされ、しばしば本物の才能以上の評判を得る。

163　傍目《はため》にはどれほどこっけいに見える行動であっても、その背後にはとても思慮深くしっかりした理由が隠されているという場合はいくらでもある。

164　自分がじっさいにやっている仕事にふさわしく見られることはあまりないが、やっていない仕事にふさわしいと思わせるのはたやすいことだ。

165　われわれの真の価値を正しく認めるのは紳士たち[*7]だけであり、大衆がもてはやすのはもっぱらわれわれの星まわりである。

166　世間はたいてい、真の価値よりも、価値あるらしく見えるものをもてはやす。

167 けちな人間は、気前のよい人よりも、経済観念に乏しい。

168 期待はまったく当てにならないとはいえ、少なくとも、われわれが快適な道を通って人生の終わりにたどり着くようにしてくれる。

169 われわれが義務を果たすのは、たいていの場合、怠惰や臆病からであるが、われわれの美徳はみずから進んで義務を果たすことを誇りとする。

170 潔く、誠実で、正直に見える行いも、それが心からのものか、それとも如才なくふるまっているだけなのか、判断するのはむずかしい。

171 河が海に流れ込んで消えていくように、美徳も私欲の海に溺れて消えていく。

172 倦怠のもたらすさまざまな結果を子細に観察してみれば、倦怠は、私欲以上に、義務を怠るものだということが分かるだろう。

173 好奇心にもいろいろある。自分に役立つことを知りたいという欲得から生まれるものもあれば、他人が知らないものを知って自慢したいという虚栄心から生まれるものもある。

174
自分に与えられた知性は、これから起こるかもしれない不幸を予見することにではなく、今起こっている不幸に耐えることに使ったほうがよい。

175
変わらぬ愛といえども、絶え間ない心変わりにほかならない。つまり、われわれの心は、愛する人のあらゆる美点のひとつひとつにつぎつぎに惚《ほ》れていくのであり、あるときはこの美点が好きになったかと思うと、つぎには別の美点が好きになる。このように、変わらぬ愛とされているものも、同じひとりの相手を対象とし、その相手から離れないとはいえ、心変わりであることには変わりない。

176
変わらぬ愛にもふた通りある。ひとつは、愛する人のなかに、愛するための新たな理由をつぎつぎに見つけていくことであり、もうひとつは、心変わりしないことを自慢したいがために愛し続けることである。

177
辛抱強さとは、咎《とが》めるべきものでもなければ、称賛すべきものでもない。というのも、それは、ある好みや感情が変わることなく続いているにすぎないのであって、しかも、われわれはそうした好みや感情を、自分から取り除くことも、新たに自分に与えることも、まったくできないのだ。

178 われわれが新しい知り合いを好むのは、古い知り合いに飽きたとか、知り合いを替えてみたいとかいうことではなく、われわれを知りすぎた人たちがわれわれをあまり褒めてくれないことに嫌気がさし、われわれをよく知らない人たちなら、われわれをもっと褒めてくれるだろうと期待するからである。

179 われわれが友人たちに、時折、軽い調子で不平不満を言うのは、自分の軽はずみを前もって正当化しておくためである。

180 われわれの後悔とは、自分が犯してしまった悪を悔いる気持ちというよりも、その悪の報いが自分に及ぶのではないかという恐れである。

181 精神の軽薄さや弱さによる移り気がある。他人の意見を何でもそのまま受け入れてしまうのだ。もっと許される移り気もある。それは、物事に飽きたり、うんざりしたりして、気持ちが変わる場合である。

182 薬の成分に毒が入っているように、徳の成分には悪徳が入っている。知恵は、悪徳を寄せ集め、その毒を和らげたうえで、人生の害悪に対処すべく有効に使う。

183 美徳の名誉のために誰もが認めるべきだが、人間の最大の不幸とは、罪によって陥る不幸である。

184 われわれが自分の欠点を告白するのは、その欠点のせいで相手の心に生じてしまったわれわれの悪い印象を、われわれの誠意によって取り消すためである。

185 善の英雄がいるように、悪の英雄もいる。

186 悪徳を持つすべての人間が軽蔑に値するわけではないが、美徳をまったく持たない人間はすべて軽蔑に値する。

187 美徳という名目は、悪徳に劣らず、私欲に役立つ。

188 心の健康は、肉体の健康以上に安定しているわけではない。いかに情念から遠ざかっているように思われる人でも、情念に引きずられる危険性はつねにある。健康そのものに思われても、いつ病気になるか分からないのと同じである。

189 自然はそれぞれの人間に、生まれたそのときから、美徳においても、悪徳においても、超えることができない限界を定めているように思われる。

190 大きな欠点があるということも、偉大な人間だけに許された特権である。

191 よく言われるように、悪徳は人生のいたるところでわれわれを待ち構えている。それはちょうど、われわれが旅先でつぎつぎに泊まらねばならない宿の主人のようなものだ。たとえ同じ道のりをふたたび辿《たど》ることが許されるとしても、一度目の経験をふまえて、悪徳をうまく避けられるかといえば、かなり怪しいと思う。

192 悪徳がわれわれから去っていくときにも、うぬぼれが強いわれわれは、自分の意志で悪徳から抜け出したのだと思い込んでしまう。

193 肉体の病と同様に、心の病にもぶり返しがある。自分はすっかり治ったと思っても、たいていの場合、それは病状の一時的な緩和ないしは変化にすぎない。

194 魂の欠点は、肉体の傷のようなものである。いかにそれを完治させようと努力しても、傷痕《きずあと》はあいかわらず残っており、いつまた傷口が開くか分からない。

195 われわれがあるひとつの悪徳に陥らずにすんでいるのは、たいていの場合、いくつもの悪徳を同時に抱えているからである。

196 自分が犯した過ちを自分だけが知っているという場合、われわれはたやすくそれを忘れてしまう。

197 現場をとらえなければ、悪事を働いたことがまったく信じられないような人もいる。だが、悪事を働いているところを見て、われわれがびっくりするような人はどこにもいない。

198 われわれがある人を褒め上げるのは、ほかの人を貶めるためである。だとすれば、コンデ公とチュレンヌ殿[*8]のどちらを褒めるにしても、もし他方をけなす気がまったくないとするなら、あんなに褒めちぎるのではなく、ときたま、しかももっと控えめに褒めるだけにしておくはずである。

199 利口ぶりたい人間は、たいてい利口にはなれない。

200 美徳は、虚栄が同伴してくれなければ、さほど遠くまで行けないだろう。

201 誰の力を借りなくともやっていけると思い込んでいる人は、まったく間違っている。だが、自分は社会に必要不可欠な人間だと思い込んでいる人は、それ以上に間違っている。

202 偽紳士とは、自分の欠点を、他人にも、自分にも、隠してしまう者のことである。ほんとうの紳士[9]とは、自分の欠点を知りつくしたうえで、それを素直に打ち明ける者のことである。

203 ほんとうの紳士[10]とは、何も鼻にかけない者のことである。

204 女のつれなさとは、彼女たちの美しさを引き立てる装いであり、化粧である。

205 女の貞節とは、多くの場合、自分の評判や心の安らぎへの愛着にほかならない。

206 紳士たちの視線にあえて自分をさらし続けること、それこそ紳士たる条件である。

207 狂気は、生涯を通じて、われわれについて回る。ある人が聡明に見えたとしても、それはただ、彼の狂気が自分の年齢や境遇に釣り合っているだけのことである。

208 愚かな人間のなかには、自分の愚かさをよく知っており、それを巧みに使いこなす者もいる。

209 狂気とは無縁に生きる人も、自分が思っているほど賢明であるわけではない。

210 老いるにつれて、人はますます愚かにもなれば、ますます賢くもなる。

211 流行《はや》り歌に似た人たちがいる。彼らもまた、一時《いっとき》しか歌われない。

212 人間は、たいていの場合、人気や運のよさによってしか評価されない。

213 世間でかくも称賛されている勇猛心なるものも、たいていの場合、功名心、恥をかくことへの恐れ、立身出世への野望、自分の生活を安楽で快適にしたいという願い、さらには他人を蹴落《けお》とそうとする下心、そうしたさまざまな欲望や思惑から生まれている。

214 勇猛心なるものも、一兵卒の場合、生活の糧《かて》を得るためにやむなく就いた危険な職業に必要とされるプロ意識にほかならない。

215 完全な勇猛心とまったくの臆病はふたつの極端であり、誰もめったにそこまでは行き着かない。この両極端のあいだには広大な領域があり、そこにあらゆる種類の勇気が連なっている。それらの勇気の違いは、人の顔立ちや気質の違いに劣らず、さまざまである。戦闘開始直後は、みずから進んで危険に身をさらすが、戦闘がしばらく続くと、たちまち気力がなえて、怯《ひる》んでしまう者もいる。ひとたび手柄を立てれば、それで満足してしまい、それ以上のことはほとんど何もやらない者もいる。つねに恐怖心を抑え、平常心を保つことができない者もいる。ときに集団パニックに引きずられてしまう者もいる。自分の持ち場にとどまっているのが怖くて、突撃してしまう者がいる。小さな危険に慣れたことで、大きな危険に身をさらすのが平気になる者もいる。斬り合いにはめっぽう強いが、鉄砲玉は怖くてしかたがないという者もいれば、逆に、鉄砲玉が飛んでくるのは平気だが、斬り合いになるのは御免だという者もいる。ひとくちに勇気と言っても、これほどさまざまな種類があるということは、たとえば、夜になると、何も見えないから恐怖心は募るし、立派な行動も卑劣な行動も闇に紛れてしまうから、誰もがほどほどにやっておこうという気持ちになることからも説明されるだろう。もっと一般的に言っても、勇気にはおのずから限度というものがある。じっさい、生きて帰れることがたしかな場合、あるひとつの戦闘で自分の力を出し切るという人間などどこにもいない。それを考えると、死の恐れが勇猛心をいくぶんか値引きしていることは明らかである。

216
完全な勇猛心とは、人前でならやれることを、誰ひとり見ていなくとも、やることにある。

217
大胆不敵とは、大きな危険が迫ったときに心のなかに生じる混乱、無秩序、そして興奮を抑え込んでしまう魂の途方もない力である。どんなに恐ろしい不測の事態にあっても、英雄は、この力によって、心の平静を保ち、理性を意のままに使い続けることができるのだ。

218
偽善とは、悪徳が美徳に捧げる賛辞である。

219
戦場では、たいていの人間が、自分の名誉を保つのに十分と思われる程度には危険を冒す。しかし、そのためにこそ危険を冒したはずの作戦が成功するまで、ずっと危険を冒し続けようとする者はほとんどいない。

220 虚栄心、羞恥心、そしてとりわけ体質[11*]が、多くの場合、男の勇猛心を作り上げ、また女の貞節を作り上げる。

221 誰も、命は絶対失いたくないが、名誉もほしい。そこで、どんな勇者でも、死を免れるためには、三百代言が自分の財産を守るために発揮する以上の知恵と機転を働かせる。

222 人生も盛りを過ぎるころになると、肉体と精神の衰えがどこから始まりそうか、傍目からも察せられないような人間はほとんどいない。

223 感謝とは商人の律儀さのようなものである。いずれも、そのおかげで付き合いが続く。じっさい、われわれが支払うのは、返済するのが正しいからではなく、貸してくれる人をよりたやすく見つけるためである。

224 感謝の義務を果たした者すべてが、それだけを理由に、恩を忘れない人間だと自慢できるわけではない。

225 自分がほどこした恩に対して、期待したほどの感謝の気持ちを相手が示してくれないというのはよくあることだ。それは、恩をほどこした人間のプライドとそれを受ける人間のプライドのあいだで、その恩の値段について、意見の一致を見ることがまずないからである。

226 受けた恩の借りを早く返そうとせっかちになるのも、一種の恩知らずである。

227 幸福な人たちが自分を改めることはめったにない。運がたまたま自分の悪行の味方をしてくれているにすぎない場合であっても、相変わらず自分が正しいと思い込んでいる。

228 プライドは借りを作りたくないと言い、自己愛は借りを返したくないと言う。

229 誰かから一度でもよいことをしてもらうと、その人がわれわれに悪いことをしたときにも、うやうやしくそれに耐えなければならない。

230 実例くらい伝染しやすいものはない。われわれがどんなによいことをしても、またどんなに悪いことをしても、かならず誰かが真似をする。われわれがよいことをするのは、実例への対抗意識からであり、悪いことをするのは、われわれの本性に備わった悪意が、平生《へいぜい》は羞恥心によって押しとどめられているのに、実例を見ることで、はばかることなく働き始めるからなのだ。

231 自分ひとりだけ賢者であろうとするのは、狂愚以外の何ものでもない。

232 自分の苦悩について、どんな言い訳をしようとも、苦悩を引き起こすのは、たいていの場合、私欲や虚栄心にほかならない。

233 悲嘆のなかにも、さまざまな種類の偽善が潜んでいる。たとえば、親しかった人の死を悼んで涙を流すという場合、じつはわれわれ自身のことを嘆いているにすぎないことが多い。つまり、故人がわれわれに対して抱いていた好意を失ったことを惜しんでいるのだ。それは、われわれ自身の財産、われわれ自身の喜び、われわれ自身の社会的評価が失われたことを嘆いているに等しい。こんなふうに、死者に捧げられる涙が、じつは生者のために流されているのだ。これが一種の偽善だというのも、こうした類いの悲嘆において、われわれは自分自身を欺いているからである。もうひとつ別の種類の偽善があるが、こちらもかなり悪質で、誰もがそれに騙される。それは、自分の抱いている悲嘆を、美しい不滅の苦悩にまで高めようとする場合である。すべてを消し去ってしまう〈時〉が、かつてじっさいに抱いていた悲嘆をまったく感じなくさせてしまってからも、その人たちは、頑固に涙を流し続け、嘆き続け、ため息をつき続ける。彼らは、悲嘆に暮れた人物を演じ続け、あらゆるふるまいを通じて、自分の悲しみは終生変わらないのだというふりをする。こうした陰気で、しかも骨の折れる虚栄は、たいてい、野心家の女性のあいだに見られる。女性は、栄光にいたるあらゆる道が閉ざされているから、こうした永遠に慰められない苦悩を誇示することで、有名になろうとするのだ。さらにもう一種類の涙がある。ただし、その泉は小さく、すぐに流れるが、すぐに涸《か》れてしまう。つまり、優しいと思われたいから、あるいは同情されたい、自分のことを悲しんでほしいと思うから、さらには涙のない人間だと思われたくないから、泣くという場合である。

234

世に広く受け入れられている意見にさえ、頑固に反対し続ける人がいるが、それは彼が無知だからというよりも、むしろプライドが高いからである。正論派の上席はすでにふさがっているから、もはや先頭に立てないのが悔しいうえに、しんがりになるのは絶対にいやなのだ。

235

友人たちの不幸は自分の優しさを彼らに示す絶好の機会をわれわれに与えてくれる。われわれはそのことに慰みを見いだして、彼らが不幸であることをあっさり忘れてしまう。

236 自己愛は善意に騙されやすいらしい。われわれが他人のために働くとき、自己愛は自分自身を忘れる。しかしそれこそ、自己愛が目的に到達するためのもっとも確実な方法なのだ。つまりそれは、与えるという口実で、高利で貸し付けることであり、巧妙かつ細心のやり方で、世間を味方につけることである。

237 誰であれ、悪人になるだけの強さを持たない人間の善意など、少しも褒めるに値しない。そんな人間の善意とは、たいていの場合、怠惰や無気力以外の何ものでもないのだ。

238 たいていの人の場合、彼らに善をほどこしすぎるよりも、害を与えるほうが、まだ危険は少ない。

239 偉い人たちが自分を信用してくれることほど、われわれの自尊心をくすぐるものはない。というのも、彼らがわれわれをそれなりの人間として認めてくれていると思い込むからである。ところが、そんな信用とは、ほとんどの場合、虚栄心や秘密を黙っていられない意志の弱さから生まれたものなのだ。

240 美しくはないが感じはよいという人がいるが、その感じのよさとは、われわれにはその規則がまったく分からないある種の調和であり、容貌全体の、さらには容貌と顔の色艶《いろつや》や物腰態度との、ひそかな関係である、と言えるだろう。

241 コケットリーは女性の気質の根底をなしている。とはいえ、すべての女がコケットぶりを発揮するわけではない。なかには、用心して、あるいは理性的に判断して、それを抑える女もいる。

242 他人を不快にしているはずはないと思い込んでいる場合にかぎって、相手を不快にしていることが多い。

243 それ自体において不可能だという物事はめったにない。それを実行に移す手段はあるのに、最後までやりとげようという熱意が欠けているのだ。

244 最高の才覚とは、物事の値打ちをよく知っているということにある。

245 偉大な才覚とは、自分の才覚を隠すすべを知っていることである。

246 寛大さと見えるものも、たいていの場合、小さな利益は無視して、大きな利益をせしめようという野心の偽装にほかならない。

247 忠誠心とは、ほとんどの場合、主君の信頼を勝ち得るために自己愛が考え出したものにすぎない。それは、人並み以上に高い地位に就くことで、いちばん大事なものを託される人物になるための手段である。

248 高潔さはすべてに無欲恬淡《てんたん》であることを装うが、じつはすべてをせしめようという魂胆なのだ。

249 声の調子、目つき、物腰態度は、言葉の選び方に劣らず、雄弁である。

250 ほんとうの雄弁は、必要なことはすべて言うが、必要なことしか言わない。

251 欠点がよく似合う人もいれば、長所のせいで疎んじられる人もいる。

252 趣味が変わるのを見ることはよくあるが、性癖が変わるのを見ることはめったにない。

253 私欲は、あらゆる種類の美徳と悪徳を巧みに利用する。

254 謙遜《けんそん》は、たいていの場合、他人を服従させるために、服従するふりをしているにすぎない。それは傲慢が考え出した演技であり、人のうえに立つために、へりくだるのである。傲慢は変幻自在とはいえ、謙遜の仮面をかぶったときほどに、うまく変装し、うまく人を騙すことはない。

255 すべての感情に、それぞれに見合った声の調子、身振り、表情がある。この関係の良し悪し、快不快によって、当人が人に好かれたり、嫌われたりする。

256 いかなる地位にある人も、それぞれに、他人にそう思われたい人間らしくなるために、見かけや外見を装う。だから、この社会は見かけや外見だけでできていると言ってよい。

257 貫禄《かんろく》とは、精神の欠陥を隠すために考案された肉体の秘術である。

258 よい趣味は、知性からというよりも、判断力から生まれる。

259 恋の喜びは愛することにある。それゆえ、恋において、人が幸福であるのは、自分が抱く情熱によってであって、自分が相手に抱かせる情熱によってではない。

260 敬意とは、敬意を返してほしいという欲望、さらには自分の礼儀正しさを評価してほしいという欲望にほかならない。

261 通常、人が若者に授ける教育とは、彼らに二番煎じの自己愛を吹き込むことにほかならない。

262 恋愛ほどに、自己愛が強く支配する情熱はほかにない。だから、恋愛においては誰も、自分の心の安らぎを失うくらいなら、愛する相手の心の安らぎを犠牲にしてはばからない。

263 気前のよさと言われているものは、たいていの場合、与えることに快感を覚える虚栄心にほかならない。つまりわれわれは、自分が与えるもの以上に、与えることを愛しているのだ。

264 憐《あわ》れみとは、たいていの場合、他人の不幸のなかに見いだした自分の不幸の感情にほかならない。つまりそれは、われわれ自身をいつ襲うか分からない不幸に怠りなく備えておくことである。われわれが他人に救いの手を差し伸べるのは、われわれ自身が同じような状況に陥ったときに、われわれを助けてくれるよう仕向けるためである。だから、われわれが彼らに行う奉仕とは、じつのところ、われわれが前もって自分に与える恩恵にほかならない。

265 料簡《りょうけん》の狭い知性が頑固さを作り出す。われわれは、目に見えるものはたやすく信じるが、それ以上のものはなかなか信じようとしない。

266 愛や野心のような激しい情念だけが、その他の情念を支配し得ると考えるのは間違いである。怠惰は、いかに無気力ではあっても、たいていの場合、ほかのすべての情念を支配している。怠惰は、人生のあらゆる計画、あらゆる活動をなし崩しにしてしまうばかりか、情熱や美徳そのものを破壊し、いつの間にか消滅させてしまうのだ。

267 よく調べもせずに、悪をたやすく信じるのは、傲慢と怠惰のせいである。人はたいてい、罪人捜しには熱心だが、罪そのものを詳しく調べようとはしない。

268 われわれは、ほんのわずかな利害のためにさえ、裁判官を忌避するくせに、一方では、われわれの評判や栄誉を、みずから進んで、他人の判断に委ねている（他人は誰も、嫉妬心、偏見、無知ゆえに、われわれに敵対しているというのに！）。われわれは、自分に好意的な言葉を彼らに言わせるためなら、どんなことでもするし、自分の心の安らぎや自分の命さえ危険にさらす。

269 自分がなす悪をすべて自覚するほど聡明な人間はめったにいない。

270 すでに勝ち得た名誉は、これから勝ち得るはずの名誉の担保となる。

271 青春とはつねに酔っている状態である。それは理性の発熱である。

272 すでに名声を勝ち得た人間をもっとも卑しめるのは、微々たることをしてでも自分の評判をさらに高めようと齷齪《あくせく》することであろう。

273 社交界ではひとかどの人物と思われているが、その唯一の取り柄が社交生活を円滑にする悪徳だけという者もいる。

274 恋における新鮮さの魅力は、収穫前の果実の表皮を覆う白い粉[12*]のようなものである。それは恋に色艶を添えるが、すぐに消え去ってしまい、二度と戻ってこない。

275　情にもろいことを自慢するよい性格も、ほんのわずかな私欲のために、たいてい押し黙ってしまう。

276　相手の不在は、ごく普通の情熱は弱めてしまうが、大きな情熱をさらにかき立てる。ちょうど風が、ろうそくの炎は消してしまうが、火事を煽《あお》り立てるようなものである。

277　女たちはしばしば、もう愛してはいないのに、まだ愛していると思い込んでいる。恋の駆け引きに熱中していたり、関係を続けること自体に感動していたり、愛されることに喜びを見いだす性分だったり、拒絶するのが苦手だったりして、すでにコケットリーしかないのに、まだ情熱を抱いていると信じているのだ。

278　自分のかわりに交渉に当たってくれる人たちには、たいていがっかりさせられる。彼らは、ほとんどいつも、交渉の成功を優先させて、友人たちの利益を断念してしまうのだ。自分が企てたことを成功させたという名誉が、彼らの利益になるからである。

279　友人たちが示してくれた思いやりをわれわれが褒めそやすのは、感謝の気持ちからというよりも、われわれ自身を高く買ってほしいからである。

280 社交界に入っていく人たちを称賛する思いは、すでに社交界で地歩を築いている人たちに対するひそかな羨望から生まれる。

281 われわれの心に激しく羨望をかき立てる自尊心は、同時にまた、羨望を抑える働きもする。

282 まるで真実そのものに見えるほどに、うまく装われた虚偽があって、それに騙されずにいることが、むしろ判断を誤っているように思われてしまう場合さえある。

283 他人《ひと》からのよい忠告を役立てるのにも、自分の心に相談するときに劣らず、それなりの才覚が必要である。

284 悪人のなかには、善意をまったく欠いているなら、もっと危険ではなくなるだろうと思われる者もいる。

285 高潔さ[13*]とは、まさに文字どおりの意味である。とはいえ、それは自尊心に備わる良識であり、人びとの称賛を勝ち得るためのもっとも高貴なやり方である、と言えよう。

286 ひとたび愛することをすっかりやめてしまった相手を、ふたたび愛することは不可能である。

287 おなじひとつの事柄を処理するのに、いくつもの方策を思いつくというのは、精神の豊かさというよりも、知性の光の欠乏のせいであり、頭に浮かぶあらゆる考えに注意力が分散してしまい、最良の方策をただちに見分けることができないのである。

288 病気に治療をほどこす場合もそうだが、事業に改善策をほどこした場合、逆にしばらくのあいだ、事態が悪化してしまうことがある。そうした事態に対処する秘訣《ひけつ》とは、治療や改善策をほどこすのが危険になる時期を正しく察することである。

289 誠実さを装うことは、巧妙な詐欺である。

290 知性よりも、むしろ気質のほうに、多くの欠陥がある。

291 人間の価値にも、果物と同じように、旬《しゅん》というものがある。

292 人間の気質にも、たいていの建物と同様に、いろんな側面があり、感じのよい面もあれば、感じの悪い面もある。

293 節度には、野心と闘い、それを服従させるほどの甲斐性《かいしょう》はない。節度と野心はまったく相容《あいい》れないのだ。節度が魂の無気力や怠惰にすぎないのに対して、野心は魂の活力であり熱意である。

294 われわれは、自分を称賛してくれる人たちをつねに愛するが、自分が称賛する人たちを愛するとはかぎらない。

295 われわれは、自分自身の意志を知りつくしているとはとうてい言えない。

296 まったく尊敬していない人を愛することはむずかしい。だが、自分よりもはるかに偉いと思っている人を愛することも、やはりむずかしい。

297 体液[14*]は、体内をつねに規則正しく流れ、われわれの意志を動かし、知らぬ間にそれを曲げたりする。体液は皆、混じりあって体内を巡りながら、順繰りにわれわれをひそかに支配する。そんなふうに、体液は、まったく気づかれぬまま、われわれのあらゆる行動に深くかかわっているのだ。

298
たいていの人が示す感謝の念とは、もっと大きな恩恵にあずかりたいというひそかな欲望にすぎない。

299
小さな恩義に対しては、ほとんどの人が喜んでその借りを返そうとする。中ぐらいの恩義には、多くの人が感謝する。ところが、大きな恩義に対しては、ほぼ例外なく、誰もが忘恩を決め込む。

300
狂気のなかには、伝染病のようにはびこるものもある。

301
財産などいらないという人はずいぶんいるが、それを他者《ひと》に与えようという人はほとんどいない。

302
われわれが、見かけに騙されまいとして物事に慎重になるのは、たいてい利得が少ない場合だけである。

303
人がどんなに褒めてくれても、われわれは何ひとつ新たに学ぶわけではない。

304 われわれは、自分をうんざりさせる人を許すことはできても、自分がうんざりさせた人を許すことはできない。

305 諸悪の元として糾弾される私欲だが、善をなすこともしばしばあり、その場合は褒められてよいだろう。

306 われわれが恩をほどこせる立場にいるかぎり、恩知らずな人間にはめったに出会わないものだ。

307 他人に対して自分を誇るのはこっけいだが、自分に対して自分を誇るのは恥ずべきことではない。

308 人が節度の徳を説いたのは、偉人たちの野心に歯止めをかけるとともに、運拙《つたな》く、功少ない凡人たちを慰めるためであった。

309 愚かであるべく定められた人たちがいる。彼らは自分から馬鹿なことをしでかすばかりでなく、運そのものによって、馬鹿なことをするよう仕向けられているのだ。

310 長い人生には、多少なりとも狂気に陥らなければ、切り抜けられないような事態に遭遇することもある。

311 こっけいな面をまったく見せなかった人がいるとしても、それはこっけいなところがないからではなく、誰もあら探ししなかっただけである。

312 恋人同士がいつもいっしょにいて少しも飽きないのは、彼らがそれぞれに自分のことばかりしゃべっているからである。

313 自分に起こったことを、ほんの細かい点にいたるまでよく覚えているというのに、その話を同じひとりの人に何度繰り返したか、さっぱり覚えていないとは、いったいどうしたことだろうか。

314 われわれは誰しも、自分自身を話題にすることに格別の喜びを覚える。だからこそ逆に、それを聞いている人には、ほとんど何の喜びも与えないだろうと思うべきである。

315 普通、われわれが自分の心の底を友人たちに明かそうとしないのは、友人たちを信用しないからというよりも、自分自身が信用できないからである。

316 弱い人たちは、誠意をつくすことができない。

317 恩知らずに恩をほどこすのはたいした不幸ではないが、不誠実な人間から恩を受けるのは耐えがたい不幸である。

318 狂気から正気に戻す方法は見つかるが、根性曲がりを矯正する方法はまったく見つからない。

319 友人や恩人の悪口をしょっちゅう気軽にしゃべるようなら、彼らに対して、敬愛や感謝の気持ちを長いあいだ抱き続けることはできないだろう。

320 君主たちを、持ってもいない美徳をあれこれ数え上げて褒めちぎるのは、じつは罰せられない形で彼らを罵《ののし》っているのだ。

321 われわれは、こちらが望む以上にわれわれを愛してくれる人たちよりも、むしろわれわれを憎んでいる人たちを愛したくなるものだ。

322　軽蔑されるのを恐れているのは、もともと軽蔑すべき人間たちだけである。

323　われわれの知恵も、われわれの財産と同様、運次第である。

324　嫉妬には、相手への愛よりも自己愛のほうが多く含まれている。

325　われわれが不幸に陥るとき、分別ではあきらめがつかない場合でも、たいていは弱さゆえにあきらめてしまう。

326　世の笑いものになることは、不名誉以上に、当人の名誉を汚《けが》す。

327　われわれが小さな欠点を打ち明けるのは、大きな欠点はないと思わせるためである。

328　羨望は、憎しみ以上に和解しがたい。

329　ときに、人はへつらいを憎んでいると思い込む。しかしじっさいには、へつらう仕方を憎んでいるだけである。

330 人は、愛しているかぎりにおいて、相手を許す。

331 男は、女につれなくされているときよりも、愛されているときのほうが、浮気しやすい。

332 女たちは自分のコケットリーを熟知しているわけではない。

333 女たちは、相手を嫌い抜いているのでなければ、まったくつれなくなるということはない。

334 女たちがコケットであることをやめるのは、恋の情熱に打ち勝つ以上にむずかしい。

335 恋していると、いくら用心しても、ほとんどいつも騙されてしまう。

336 激しすぎて嫉妬さえ生まれない恋愛もある。

337 五感によく似た長所もある。それをまったく欠いている人には、見分けることも、理解することもできない。

338　憎悪が激しすぎると、われわれは自分が憎む相手以下の人間になってしまう。

339　われわれが幸や不幸を感じる度合いは、まさしく自己愛の大きさに比例している。

340　たいていの女たちの才気は、理性を高めるというより、むしろ狂気をかき立てる。

341　若者たちの情熱が魂の救いの妨げになるとしても、老人たちの熱意のなさ以上にそうだというわけではない。

342　生まれた土地の訛《なま》りは、言葉と同様、精神や心にも残っている。

343　偉大な人間になるためには、与えられた幸運のすべてをうまく活かさなければならない。

344　たいていの人間は、植物と同様、隠れた特性を持っており、ふとした偶然から、それが表に現れる。

345 何かのきっかけから、われわれの本性が他人に知られてしまうということがあるが、それ以上に、われわれが自分の本性を知るのも、さまざまなきっかけによってなのである。

346 女の知性にも心にも、規律は存在しない。もともと几帳面《きちょうめん》な女はいるとしても。

347 われわれは、自分と意見を同じくする者は別として、良識ある人間にはめったにお目にかからない。

348 人は恋をするとき、もっとも強く信じるものでもしばしば疑うようになる。

349 恋の最大の奇跡は、女がコケットではなくなることだ。

350 われわれを罠にかけようとする者たちがあれほど癪《しゃく》に障《さわ》るというのも、彼らが自分をわれわれより一枚上手だと思っているからだ。

351 もう愛してはいなくとも、関係を断つにはずいぶん苦労する。

352 うんざりすることが許されない人といっしょにいると、たいていうんざりする。

353 紳士たるもの、狂おしい恋はしてもよいが、愚かしい恋をしてはならない。

354 欠点のなかには、うまく活《い》かせば、美徳以上に輝くものもある。

355 誰かが亡くなるとき、心が痛むというより、惜しいという場合もあれば、逆に、心は痛むけれど、ほとんど惜しいとは思われない場合もある。

356 われわれが心底から褒めるのは、たいてい、われわれを称賛してくれる人たちだけである。

357 料簡の狭い人間は、ほんの小さなことにもひどく傷つくが、料簡の広い人間は、すべてを知りながら、少しも傷つかない。

358 謙遜はキリスト教的美徳の真の証《あかし》である。謙遜がなければ、われわれはあらゆる欠点をそのまま持ち続けるだろう。そうは見えないとしても、慢心がそうした欠点を、他者《ひと》にも、そしてわれわれ自身にも、押し隠しているだけのことである。

359 相手が不実を働けば、愛は消滅してしまうはずである。そうだとすれば、もし嫉妬せざるを得ない立場になったら、逆にまったく嫉妬などすべきではないということになる。相手に嫉妬心を抱かせない人だけが、嫉妬に値するのだから。

360 人がわれわれにほんの少しでも不実を働けば、われわれの目にその人の値打ちはすっかり下がってしまうが、どれほど大きな不実であっても、それが他人になされた場合には、さほどでもない。

361 嫉妬はつねに愛とともに生まれるが、かならずしも愛とともに死ぬわけではない。

362 恋人が亡くなったとき、ほとんどの女は、彼を愛していたからというより、自分がいっそう愛されるに値する女であると思われたいがために、嘆き悲しむのである。

363 他者からの強制は、たいていの場合、自分自身による強制ほどには、われわれに大きな苦痛をもたらさない。

364
自分の妻についてあまりしゃべらないほうがよいことは、誰でも知っている。だが、自分についてはそれ以上にしゃべらないほうがよいことを知る者は少ない。

365
生まれつきのままでは、やがて欠点になってしまう長所もあれば、あとから身につけたのでは、けっして完全にはならない長所もある。それゆえに、たとえば、自分の財産や信用をうまく生かすには、理性を十分働かせる必要があるし、逆にまた、自然からは善意や勇気をしっかり授けてもらう必要もある。

366
われわれは、自分に話しかけてくる人たちの誠意をどれほど疑っても、彼らが、ほかの人たちに対して以上に、自分にはほんとうのことを話してくれているとつねに信じている。

367
貞淑であることにうんざりしていない貞淑な女はほとんどいない。

368
貞淑な女たちのほとんどは隠された宝であり、誰も探し出そうとしないからこそ、安全に守られているのである。

369
愛したいという気持ちを無理やり抑えることは、たいていの場合、愛する相手のつれなさ以上にひどい苦しみである。

370 自分の恐怖心をつねに熟知している臆病者はめったにいない。

371 いつから愛されなくなったのか、まったく気づかないというのは、ほとんどの場合、愛する者が盲目になっているためである。

372 若者たちのほとんどは自分が自然のままだと思い込んでいるが、ほんとうは、礼儀知らずで下品なだけである。

373 他者《ひと》を騙したあげくに、自分まで騙してしまう涙もある。

374 男が恋人を愛しているのは彼女自身のためだと信じているとすれば、それは大きな間違いである。

375 凡庸な精神は、たいてい、自分の力にあまるものはすべてけなす。

376 羨望は真の友情によって消え去り、コケットリーは真の愛によって消え去る。

377 洞察力の最大の盲点は、的に達しないことではなく、的を通り越してしまうことだ。

378 人はさかんに忠告を与えるが、具体的にどうすべきかはまったく教えない。

379 われわれの品性が下がれば、趣味もさもしくなる。

380 運はわれわれの美徳や悪徳を照らし出す。ちょうど光が物の姿を照らし出すように。

381 愛する者を裏切るまいと自分を無理強いすることは、相手を裏切ること以上に立派だというわけでもない。

382 われわれの行動は題韻詩[*15]のようなものだ。何でも自分の好みにこじつけようとする。

383 自分のことをしゃべりたい、自分の欠点をそう見てほしい側面から人に見せたいという欲望こそ、われわれの誠実さなるものの大部分を占めている。

384 まだ驚くことができるということにしか驚いてはなるまい。[*16]

385　愛しすぎているときも、もはやほとんど愛していないというときも、ほぼ等しく、相手を喜ばせるのはむずかしい。

386　自分は間違っていることに耐えられないという人間にかぎって、しばしば間違いをしでかす。

387　愚か者は、善人になろうにも、そのための十分な素質が欠けている。

388　虚栄が美徳を完全にひっくり返してしまうことはないとはいえ、少なくとも、すべての美徳をぐらつかせる。

389　他人の虚栄が耐えがたく思われるのは、それがわれわれ自身の虚栄心を傷つけるからである。

390　人は、自分の趣味をあきらめるくらいなら、自分の利益をあきらめる。

391　運がまったく盲目だと思うのは、幸運に恵まれない人たちだけである。

392
健康と同じように、運も慎重に管理しなければならない。運がよいときには、それを大いに楽しみ、運が悪いときには、じっと辛抱すること、そして、どうしても必要な場合は除いて、荒療治はしないことが肝要である。

393
町人気質は、軍隊ではときに消えることがあるが、宮廷ではけっして消えない。

394
人はほかのひとりより利口ではあり得るが、ほかのすべての人間より利口だなどということはあり得ない。

395
愛する人に騙されたままでいるほうが、騙されたことに気づくよりも、不幸ではないこともある。

396
女が最初の恋人を長いこと離さずにいるのは、つぎの恋人がどうにも捕まらないからである。

397
われわれは、一般論として、自分にはまったく欠点がないとか、敵には長所がまったくないとか、言うだけの勇気はないが、具体的な場面では、ほとんどそう信じている。

398 あらゆる欠点のなかで、われわれが自分にあってもよいとあっさり認めてしまうのは、怠惰である。誰もが、怠惰はすべての穏やかな美徳に結びつき、その他の美徳も完全に破壊することなく、その機能を一時停止するだけだと思い込んでいるのだ。

399 運にはまったく左右されない品格がある。それは、われわれを際立たせ、偉業をなしとげるべく定められているように思わせる一種の雰囲気である。それこそ、自分でも知らないうちに身につけた価値であり、われわれは、この資質によって、人びとの尊敬を掠《かす》め取る。そればかりか、家柄や顕職、さらには長所以上に、われわれを人びとのうえに押し上げるのも、たいていはこの資質なのである。

400 長所はあっても品格のない人間はいるが、なんらかの長所なしに品格のある人間はどこにもいない。

401 品格と長所の関係は、装いと美女の関係に等しい。

402 色恋沙汰にもっとも欠けているのは、ほかならぬ愛である。

403 運は、しばしば、われわれの欠点を使って、われわれの価値を高める。じっさい、みんなから厄介者扱いされたあげく、遠ざけられたことで、はじめて自分の能力を発揮できた人たちもいる[17*]。

404 われわれの才能や資質の一部は、自然によって精神の奥深くに隠されてしまっているようだ。激しい情熱だけが、われわれ自身も知らないそれらの才能や資質を発揮させ、それによって、人間業《わざ》ではとうてい望み得ない、より確かで完成された見識をときにわれわれにもたらしてくれる。

405 われわれは、人生のさまざまな年齢に、そのつど新たに到達する。それゆえ、いかに年齢を重ねても、たいてい経験を欠いていることになる。

406 コケットな女たちは、彼氏に嫉妬していることを得意げに吹聴《ふいちょう》するが、それは、自分がほかの女たちを妬《ねた》んでいるのを隠すためである。

407 われわれの策略にひっかかった人間は、われわれの目にこっけいに見えるが、しかし、われわれがほかの誰かの策略にひっかかったときには、われわれ自身がそれ以上にこっけいに見えるだろう。

408 かつて好青年であった老人たちが物笑いの種になるもっとも危険な罠は、自分たちがもうそうではないのを忘れることである。

409 われわれがなしとげたどんなに立派な行いでも、もし世間がその動機のすべてを見抜いたとしたら、われわれはたいてい恥じ入ってしまうだろう。

410 友情において、何よりむずかしいのは、自分の欠点を友に見せることではなく、友の欠点を彼に教えることである。

411 どんな欠点であれ、欠点を隠そうとする姑息《こそく》なやり方に比べれば、まだ許せる。

412 どんなに恥ずべきことをやってしまったとしても、たいていの場合、自分の努力次第で名誉挽回《ばんかい》は可能である。

413 一種類の才知しか持ち合わせない人は、長いあいだ、他者《ひと》を喜ばせることはできない。

414 狂人も、馬鹿も、自分の気分でしかものを見ない。

415　われわれはときに、才走って、馬鹿なことをがむしゃらにやってしまう。

416　老いてますます盛んなどというのは、正気の沙汰ではない。

417　恋の病では、いつでも、さきに治ったほうが勝ちということになる。

418　コケットに思われたくない若い女性、そして物笑いの種になりたくない老人は、恋について、当事者のような口ぶりで語ることは禁物である。

419　われわれは、自分の実力以下の仕事に就いているときには、偉く見えることもあるが、自分の器量を超えた仕事に就くと、たいてい、貧相に見えてしまう。

420　われわれはしばしば、不幸に陥っても、平常心を保っていると思い込むものだが、じつのところ、すっかり参っているのだ。つまり、不幸を直視する勇気もなく、それにじっと耐えているだけのことである。ちょうど臆病者が、抵抗するのが怖くて、おとなしく殺されるようなものだ。

421 才気よりも、信頼のほうが、会話を豊かにする。

422 われわれは、あらゆる情熱に駆り立てられて、さまざまな過ちを犯すが、恋に落ちたときほど、こっけいな過ちをしでかすことはない。

423 賢明に老いるすべを知っている人はほとんどいない。

424 われわれは、自分がじっさいに持っている欠点とは正反対の欠点を自慢したがる。それゆえ、気弱な人間は頑固であることを自慢する。

425 慧眼《けいがん》とは、精神の他のあらゆる資質以上に、われわれの虚栄心を喜ばせてくれる予見能力らしい。

426 新鮮さの魅力と長い付き合いは、まったく正反対とも言えるが、いずれも友人たちの欠点を感じなくさせるという点では共通している。

427 たいていの友人はわれわれを友情嫌いにさせる。たいていの信心家がわれわれを信心嫌いにさせるように。

428　われわれは、友人たちの欠点を、自分に差し障りのないかぎりは、かんたんに許してしまう。

429　愛する女たちは、相手のどんなに小さな不実もけっして許そうとしないかわりに、相手がどんなに無分別なことをしでかしても、あっさり許してしまう。

430　恋も終わりに近づくと、老齢と同じく、まだ生きているのは苦しむためで、もはや楽しむためではない。

431　自然らしく見られたいという欲求ほど、自然であることを妨げるものはない。

432　立派な行いを心から褒めることは、自分もその行いにいくぶんか加わることである。

433　大きな資質を持って生まれたことのもっとも確かなしるしは、生まれつき妬みの気持ちをまったく持っていないということである。

434　友人がわれわれを騙した場合、彼らが示す友情のしるしには冷淡であってよいが、彼らの不幸に対しては、やはり同情心を失うべきではない。

435 運と気質がこの世を治める。

436 人間一般を知るほうが、個人としての人間を知るより、はるかにたやすい。

437 ひとりの人間の価値は、彼の際立った資質によってではなく、そうした資質をいかにうまく使いこなしているかを見て判断すべきである。

438 自分が受けた恩恵に対する負い目を帳消しにしてしまうばかりか、恩義を返しているのは自分なのに、むしろ相手のほうが恩義を感じてしまうほどに、熱烈な感謝の仕方というものがある。

439 もしわれわれが自分の欲しているものの実態を完全に知っているならば、それを激しく追い求めるようなことはほとんどあるまい。

440 ほとんどの女性が友情にはあまり心動かされないのは、ひとたび恋を知ると、友情が味気なく感じられてしまうからである。

441
友情においても、また恋においても、人が幸福になるのは、往々にして、すでに知っていることによってではなく、まだ知らないことによってである。

442
われわれは、自分では直そうとは思わない欠点については、まるでそれが美点であるかのように自慢しようとする。

443
どんなに激しい情念でも、ときにはわれわれに一息つかせてくれるものだが、虚栄心だけは休みなくわれわれを駆り立てる。

444
老いた狂人は若い狂人より狂っている。

445
弱さは、悪徳以上に、美徳に反する。

446
恥や嫉妬の苦しみがかくも激しいのは、虚栄心が働かないため、その苦しみをこらえるすべがなくなるからである。

447
礼儀作法とは、あらゆる掟《おきて》のなかでもっともゆるやかで、そのために誰もが従っている掟である。

448 実直な精神の持ち主にとって、精神のねじけた人間たちを導くよりは、彼らの言いなりになるほうが苦労は少ない。

449 運が不意にわれわれをとらえて――つまり、段階的にそこに導いていくのでもなく、われわれ自身が希望してそこにはい上がったのでもない形で――高い地位に就けてくれた場合、その地位をしっかり守り続けたり、その地位にふさわしい態度を取り続けたりすることは至難の業である。

450 われわれの傲慢は、われわれがそれを他の欠点と切り離すことで、ますます増長する。

451 頭のいい馬鹿ほど、始末の悪い馬鹿はいない。

452 相手がいかに尊敬する上流人士であっても、その資質のひとつひとつを取ってみれば、自分以下ではないとしても、自分以上ではないと思わないような人はひとりもいない。

453 重大事においては、チャンスを新たに作り出すことよりも、いま目の前にあるチャンスを生かすことに専心すべきである。

454 自分の悪口はけっして言わないという約束で、自分を褒めてもらうことを断念するとしても、それで損な取引になるという場合はほとんどない。

455 たしかに世間は判断を誤りがちだが、たいていの場合、真の価値をけなすよりも、間違った価値をもてはやすほうが多い。

456 頭のいい馬鹿はときにいるが、分別がありながら馬鹿だという人間はけっしていない。

457 自分を偽ろうとするより、あるがままの自分を見せるほうが、得るところは多いだろうに。

458 われわれが自分自身を判断するより、われわれの敵がわれわれを判断するほうが、むしろ真実に近づいている。

459 恋の病を癒《いや》す薬はいくつもあるが、特効薬は見当たらない。

460 ひとたび情熱に駆られると、自分がどんなことをしでかすか、誰も分からない。

461 老いとは、青春時代のあらゆる楽しみを味わうことを禁じ、その禁令に背いた者を死刑に処する暴君である。

462 われわれの傲慢は、自分にはないと思い込んでいる他者《ひと》の欠点を目の敵《かたき》にするが、逆に自分にはない長所は見て見ぬふりをする。

463 自分の敵の不幸を憐れむのは、たいていの場合、善意からというよりも、むしろ傲慢からである。われわれが彼らに同情のしるしを示すのは、自分が優位に立っていることを彼らに思い知らせるためである。

464 よいことも、悪いことも、度が過ぎると、われわれの感受性の許容範囲を超えてしまう。

465 罪を庇《かば》う人が多いほどには、無実を支持する人が多いとはとても言えない。

466 あらゆる激しい情念のなかで、女に似つかわしくない度合いがもっとも少ないのは恋である。

467 われわれが自分の好みに反することをやってしまうのは、理性に従ってというよりも、虚栄心に駆られてである。

468 つまらない素質でも、偉大な才能を生み出すことがある。

469 人は、理性だけで欲するものを、激しく欲することはけっしてない。

470 われわれのあらゆる資質は、よきにつけ、悪《あ》しきにつけ、不確かであり、疑わしい。それらはほとんどすべて、成り行き次第でどうにもなってしまう。

471 女たちは、初恋では恋人を愛するが、つぎからは恋そのものを愛する。

472 ほかの情念と同様、自尊心にも一風変わったところがある。人は、嫉妬していることを打ち明けるのを恥じるが、以前に嫉妬を抱いたこと、そして嫉妬できる人間であることは自慢する。

473 真実の恋はじつにまれだとはいえ、真の友情ほどまれではない。

474 長所が美貌以上に長続きする女はほとんどいない。

475 われわれの他者《ひと》に対する信頼心の大部分は、たいていの場合、同情されたい、褒められたいという欲望で占められている。

476 われわれの羨望はつねに、われわれが羨む人たちの幸福よりも長く続く。

477 なかなか恋に落ちないしっかりした気性は、反対にまた、恋を激しくしたり、長続きさせたりする働きもする。情念にたえず翻弄《ほんろう》されている弱い人間は、それにどっぷり浸《つ》かることもめったにない。

478 ひとりひとりの人間の心に生まれつき潜んでいるこれほど多くのさまざまな矛盾は、想像力でさえ、とうてい思いつかないだろう。

479 ほんとうの優しさを持ち得るのは、気性のしっかりした人たちだけである。一見、優しく思われる人たちは、たいてい弱いだけであり、しかもその弱さは、すぐにも気むずかしさに変わる。

480 臆病はやっかいな欠点なので、それを直してやろうとして、当人を叱るのはむしろ危険である。

481 ほんとうの善意ほどめずらしいものはない。自分は善意を持っていると思っている人でさえ、たいていはお愛想や気の弱さしか持ち合わせていないのだ。

482 精神は、怠惰や惰性から、安易なもの、あるいは快いものにしがみつく。この習慣は、われわれの知識につねに制約を設けてしまう。それゆえ誰も、自分の精神を押し広げ、可能性の限界まで到達させようとはけっしてしなかった。

483 人が悪口を言うのは、たいてい、意地悪だからというよりも、虚栄心からである。

484 恋の名残にまだ心が揺らいでいるときのほうが、すっかり醒《さ》めてしまっているときよりも、新しい恋に落ちやすい。

485 かつて大きな恋を経験した人たちは、それから癒えたことを、生涯にわたって、幸福に思いながらも、不幸にも思う。

486 妬みのない人間よりも、私欲のない人間のほうがまだ多い。

487 われわれが怠惰なのは、肉体においてよりも、むしろ精神においてである。

488 われわれの気分が平静であったり、動揺したりするのは、生涯に何度か起こるだけの重大事件のせいというよりも、むしろ毎日起こるささいなことがうまくいくかいかないかにかかっている。

489 人間がいかに性悪だとはいえ、誰も美徳の敵とは思われたくない。そこで、美徳をやり玉にあげたいと思うときには、それが偽物だと信じるふりをしたり、罪をなすり付けたりする。

490 人の感情が恋から野心に変わることはよくある。しかし、野心から恋に戻ることはめったにない。

491 極度のけちは、ほとんどいつも、思い違いをする。これほどにもしばしば自分の目的から逸《そ》れてしまう情念、またこれほどにも未来を犠牲にして現在が幅を利かせている情念は、ほかにない。

492

けちは、しばしば、正反対の結果を生む。自分の全財産を遠く疑わしい期待の犠牲にしてしまう無数の人たちがいるかと思うと、他方では、目先の小さな欲得のために、将来の大きな利益が目に入らない人たちもいる。

493

人間は、自分の欠点がまだ足りないと思っているらしい。彼らは、奇抜な資質をあれこれ気取ることで、欠点の数をさらに増やし、しかもそれらの欠点を大切に守り育てるものだから、最後には生まれつきの欠点と同じになってしまい、自分の力ではどうにも直せなくなる。

494

人間は自分の欠点を知らないと言われているが、じつはそうではない。その証拠に、彼らは、自分の行いについて話すとき、間違ったことはけっして口にしない。ふだんは彼らを盲目にする自己愛が、このときばかりは彼らの目を開かせ、じつに的確な洞察力を与えてくれるので、彼らは、咎められるおそれのあるものはどんなにささいなものでも、素知らぬふりをしたり、ごまかしたりしてしまう。

495 社交界に入る若い人たちは、おずおずしていたり、そそっかしかったりするものである。逆に、さかしらに見えたり、取り澄ましていたりすると、たいてい生意気に思われてしまう。

496 けんかはそんなに長く続かないはずである。もし非が一方にしかないとすれば。

497 若くとも美しくなければ、また美しくとも若くなければ、何の役にも立たない。

498 あまりに軽佻浮薄《けいちょうふはく》で、ほんとうの欠点も、しっかりした資質も、ともに持ち得ないような人たちもいる。

499 女たちの最初の色恋沙汰が問題にされるのは、二度目の色恋沙汰を起こしたときである。

500 自分しか眼中にない人たちがいる。彼らは、恋に落ちた場合でさえ、愛する相手はそっちのけで、自分の情熱のとりこになってしまう。

501 恋はたしかに心地よいものだが、恋が人を喜ばすのは、恋それ自体というよりも、恋のさまざまな現れ方によってである。

502
頭はよくなくとも実直な性格の人間のほうが、頭がよくてもひねくれた根性の人間よりも、長く付き合っているあいだには、人をうんざりさせることが少ない。

503
嫉妬はこのうえなくつらい苦しみでありながら、それを引き起こした当の相手に憐れみの情を催させることのもっとも少ない苦しみである。

504
以上、ふつう美徳とされるものの多くがじつはまやかしでしかないことを縷々《るる》語ってきたが、その締めくくりとして、死に対する超然たる態度と見えるものも、やはりまやかしにすぎないことについて、いささか述べておきたい。私が取り上げたいのは、来世への希望もなしに、ただ自分の力によって、死を平然と迎えられるとうそぶく異教徒たちの自己欺瞞《ぎまん》についてである。ひたすら死の恐怖に耐えるということと、死を侮ることとは、まったく違う。前者はごく普通のことであるが、後者はけっして本心ではないと私は思う。ところが、死ぬのは何でもないということを強く主張するあらゆる文章が書かれ、英雄はもとより、もっとも弱い人びとまでが、この意見を正当化すべく、無数の実例を提供してきたことはよく知られている。しかし私は、良識のある人なら誰もそんなことはけっして信じないだろうと思う。他者に、そして自分自身にも、それを説得しようと、誰もがあれほど躍起になっていること自体、その試みが容易ではないことをはっきり示している。たしかに人生にはうんざりすることが山ほどあるが、だからと言って、死を侮ってよいということにはけっしてならない。たとえ自死を選ぶ人たちでさえ、死を取るに足らないと考えているわけではない。彼らもまた死を恐れているのであって、もし死が、自分が選んだのとは別の形で襲ったとすれば、彼らもまた、ほかの人たちと同様、その死を拒絶することだろう。数多くの勇敢な人びとが発揮する勇気にもさまざまな違いがあり、またそれぞれの場合でむらもあるが、それは、彼らの想像力が死をさまざまな姿に思い描くからであり、また場合によって、その切迫感、恐怖感が大きくなったり、小さくなったりするからである。じっさい、ある物事を、まだ経験しないあいだは侮っていた人たちも、いざ経験したとたんに恐れるようになる、ということはよくある。それゆえ、死が不幸の最たるものであることを信じたくなければ、どんな状況であれ、死と向き合うことは、是が非でも避けるべきである。もっとも賢明で勇敢な人間とは、死と向き合うことを避けるべく、恥ずかしくない穏当な口実を見つける者のことである。とはいえ、死をあるがままに見ることのできる人は誰であれ、死とは恐るべきものであることを知っている。死の必然性こそ、哲学者たちの永遠の主題であった。誰もが死を免れない以上、喜んで死を迎えるべきであると彼らは信じていた。そのうえで、自分の命を永らえることができないものだから、せめて自分たちの名声を永久にとどめようとして、しかも消滅しないという保証もないものさえ消滅から救おうとして、彼らは万策をつくしたのである。しかしわれわれとしては、心の平静を保つためにも、死について思いつくことを何でもあけすけに自分に言って聞かせるというつまらないまねだけはしない、ということで満足しよう。そして、死を平然と迎えることができると信じ込ませようとするあの屁理屈《へりくつ》よりも、自分の気質に期待しよう。毅然として死を迎える誇り、誰からも惜しまれるだろうという期待、名声を残したいという欲望、これで人生の悲惨さから逃れられ、もはや運の気まぐれに左右されないですむという安心感、それらは死の苦しみを緩和する薬であって、それをむげに否定すべきではない。しかしまた、それらの薬が万能であると信じるのもよろしくない。それらが万能だと信じるのは、ちょうど、戦争において、敵が射撃しているところに近づいていかねばならない兵士たちが、ただの生け垣に沿って進めば安心だと信じるようなものである。そんな生け垣は、遠くから見るかぎり、自分をすっかり隠してくれるように思われるが、いざ近づいてみると、たいして助けにはならないことが明らかになる。死というものが、それが近づいても、遠くから判断したときと同じ姿をしている、また、じっさいには脆弱《ぜいじゃく》でしかないわれわれの感情が、あらゆる試練のなかでももっとも過酷な試練である死に直面しても、少しも動じないほど強固である、などと信じるのは、われわれの思い上がりである。また、自己愛というものが、自己愛そのものを必然的に破壊してしまうはずの死をまったく取るに足らないとわれわれに思わせてくれるだろうと考えるのは、自己愛の効能の限度をよくわきまえないからである。そのうえ、臨機応変に解決策を見つけてくれると思われている理性ですら、死と直面したときにもすべてはわれわれが望むとおりになると納得させてくれるほど強力ではあり得ない。それどころか、理性は、たいていの場合、いざとなるとわれわれを裏切るのであり、死を侮る勇気を与えてくれるどころか、死がおぞましく、恐ろしいものであることをまざまざと見せつけることになるのだ。それゆえ、理性がわれわれのためにできるのは、せいぜいのところ、死から目をそらして、別のものを見るようにと忠告するくらいのことである。小カトーとブルトゥス[18*]は華々しい死を選んだ。一方、つい最近のことだが、ある従僕は、車裂きの刑に処せられるまえに、処刑台のうえで踊ることにささやかな慰みを見いだした。このように、彼らの動機はさまざまだが、そこから生じる結果は同じである。偉人たちと凡人たちのあいだにはスケールの違いがあるとはいえ、誰も彼もが最後には同じ顔色をして死を迎えるところをわれわれは数限りなく見てきたのであり、その違いと言えば、偉人たちに死を取るに足らぬものに思わせているのは名誉心であり、そのために死を直視せずにすんでいるのに対して、凡人の場合、それは知力の欠乏の結果にほかならず、そのおかげで、彼らは死の不幸がいかに大きいかを知らずにいられれ、ほかのことを考える余裕が生まれるのである。

# 削除された箴言

1

自己愛とは、自分自身を愛する愛、またすべてを自分のためにだけ愛する愛である。自己愛ゆえに、人はみずからを偶像のごとく崇拝するし、また運よくその手段が与えられるなら、自分以外の人間を暴君のように支配する。自己愛は、自分のそとではけっして落ち着かないし、たとえ自分以外の何かに心を留めるとしても、それは、花に止まる蜜蜂のように、それらから自分の利益をせしめようという魂胆からでしかない。自己愛が抱く欲望ほどに激しいものはなく、その目論見《もくろみ》ほどに押し隠されたものはなく、そのふるまいほどに巧妙なものはない。自己愛の柔軟さはたとえようもなく、その変貌ぶりは変身のすべを上回り、その精緻《せいち》さは化学のそれを上回る。自己愛の深さは測れないし、その深淵《しんえん》は闇に閉ざされ、どんなに鋭い目でも見抜くことはできない。その闇のなかで、自己愛は誰にも見られないまま、自由自在、縦横無尽に動き回り、自分自身にさえ姿を現さずに、しかも自分自身さえ知らぬうちに、あまたの愛憎の念を抱き、養い育てる。自己愛は、そうした感情を怪物のようにグロテスクに育て上げてしまうので、それらが表に現れたときには、自分でも見違えるほどであり、自分が生みの親だと打ち明けることすらはばかられる。自分を覆い隠しているこの闇のせいで、自己愛のこっけいな思い込みがあれこれ生まれる。自分を見誤ったり、自分にも無知であったり、粗野なことや馬鹿げたことをしでかしたりするのも、それゆえである。自己愛は、自分の感情が眠っているだけなのに、死んでいると思い込むし、ひとたび休息をとると、もう走る気がしなくなったように想像するし、十分堪能《たんのう》したものはすべて食傷していると考えたりする。しかし、自分に自分を見えなくしているこの深い闇にもかかわらず、自己愛は、自分のそとにあるものは何でも完璧に見抜いてしまう。その点は、何でも鋭く見抜くが、自分だけは見ることができないわれわれの眼《め》と同じである。じっさい、自分の利害が重大になる場面や自分が手掛けた大きな事業では、強い願望に駆られ、あらゆる注意力を集中して、自己愛はすべてを見、感じ、聞き、想像し、疑い、察し、見抜く。まるで、自己愛が抱く情熱のひとつひとつに特別の魔力が備わっているかのようだ。自己愛の執着心はあまりに根深く強いので、たとえば、大きな不幸が襲ってきそうになって、その執着を断ち切ろうとしても、どうにも断ち切れないのである。その一方で、何年ものあいだ、ほかのことはできたのに、これだけはできなかったということを、ほんのわずかな時間に、しかも何の苦もなく、やってのけることも、ときにはある。それゆえ、自己愛の欲望をかき立てているのは、対象物の美しさや価値そのものよりも、自分自身なのではないか、また、自己愛自身の好みのほうが対象物を引き立て、美化しているのではないか、さらには、自己愛が追いかけているのは自分の好みそのものなのではないか、自分の好むものに執着しているつもりでも、ほんとうは自分自身に執着しているのではないか、そんなふうにも思われてくる。自己愛はまさに百面相であり、いばっていたかと思うと素直で従順になり、誠実かと思うとずるがしこくなり、情け深いかと思うと残酷になり、臆病かと思うと大胆になる。自己愛は、当人の気質が多様であるのに応じて、さまざまな傾向を持ち、名声や栄光を追い求めることもあれば、富や快楽を追い求めることもある。自己愛は、われわれの年齢に応じ、また運の成り行きに応じ、さらには経験に応じて、追い求めるものを変えていき、一度に複数のものを追い求める場合もあれば、ひとつだけに集中する場合もあるが、自己愛自身は、そんなことはいっこうに気にかけない。というのも、自己愛は、必要に応じて、あるいは気分に従って、ひとつに凝縮することもあれば、いくつかに分裂することもある。自己愛はたえず変化する。外部の原因によって変わるばかりでなく、自分の意志によっても、また自分の本性に応じても、無限に変わっていく。つまり自己愛は、その無節操、軽薄さ、浮気、新し物好き、飽きっぽさ、嫌気などによって、自分をつねに変えていくのである。自己愛は気まぐれであり、ときには、まったく自分の得にならないもの、むしろ損になるものですら、このうえなく熱心に、信じられないほど苦労して、手に入れようとする。要するに、自己愛が何かを追い求めるのは、自分がそれを欲するからであって、それ以外の理由はないのだ。自己愛は変人であり、しばしば、じつに取るに足らないものに夢中になるし、じつに陳腐なものに無上の喜びを見いだすし、じつにみじめったらしいものに有頂天になったりもする。自己愛は、人生のあらゆる局面、あらゆる状況下に出没する。いたるところに生きており、すべてを、どんなにささいなことでも、生きる糧にして、どんな場合にも、まったくの欠乏状態にさえ、適応する。自己愛と闘っている人びとの陣営にさえ加わり、彼らの目論見のなかにも忍び込む。じつに見あげたことだが、自己愛は彼らとともに自分自身を憎み、自分がいなくなることを願い、自分を破滅させるために努力さえする。要するに、自己愛は自分が存在し続けることしか眼中になく、存在することさえできるなら、自分の敵になってもよいとすら思っている。だから、自己愛がときにこのうえなく厳格な禁欲に加担し、大胆にも自分を滅ぼすべく、それと一致協力することがあったとしても、驚くには当たらない。というのも、自己愛は、あるところでは自分を滅ぼすとしても、それと同時に、別のところではちゃっかりと自分を復活させているのだ。自己愛が自分の快楽をきっぱり棄てたと思われているときにも、じつはそれを一時中断しただけであったり、別の快楽に変えたりしているにすぎない。また自己愛が打ち負かされ、自分から自己愛がすっかり消《き》え失《う》せたと思う人でさえ、みずからの敗北を勝ち誇っている自己愛をふたたび見いだす始末なのだ。以上が、自己愛のありのままの姿である。自己愛の生涯は大きく長い動揺にほかならず、そのありさまは海にたとえることができよう。たえず寄せては返す海の波こそ、自己愛があれこれと思い惑う永遠の思考運動の忠実な表現である。

2

すべての情熱は、血の熱さの、あるいは冷たさの、さまざまな度合いにほかならない。

3　幸運に恵まれた人が慎み深くなるのは、有頂天になったことを恥じる気持ちからか、あるいはひとたび手に入れたものを失う心配からか、そのどちらかでしかない。

4　慎み深さとは、節制のようなものである。もっと食べたいのはやまやまだが、おなかをこわすのが心配なのだ。

5　誰もが、他人に見つけられた自分の欠点を、他人に見つけようとする。

6　人間喜劇のあらゆる人物をたったひとりで演じたあげく、あれこれ小細工を弄したり、さまざまに変身したりすることにも飽きた自尊心は、ついに素顔で登場し、誇らしげに正体を現す。それゆえ、じつのところ、誇りとは自尊心のあからさまな自己顕示にほかならない。

7　小事をこなす才能を作り出す素質は、大事をなしとげる才能を作り出す素質とはまるで正反対である。

8　自分がどの程度まで不幸であらねばならないか、それを知ることは一種の幸福である。

9 人は自分が思っているほど不幸であることはけっしてないし、自分が期待したほど幸福であることもけっしてない。

10 不幸な人は、しばしば、自分が不幸に見えることにある種の喜びを覚えて、自分を慰める。

11 自分がこれからすることに責任を持つというのなら、自分の運にも責任を持たねばならないだろう。

12 われわれは、自分が、たった今、何を望んでいるのか、それすら正確には分からない。だとすれば、いったいどうしたら、将来において自分が望むであろうことに責任が持てると言えるだろうか。

13 愛は愛する者の魂を生き生きとさせる。ちょうど、魂が肉体に生気を与えるように。

14 正義とは、自分が所有しているものを奪われるのではないかという強い恐れの感情にすぎない。だからこそ、われわれは、隣人のあらゆる既得権に配慮し、それを尊重するばかりか、隣人にけっして損害を与えないという原則を順守するのである。この恐れがあるからこそ、人間は、自分の生まれや運が与えてくれた財産以上に多くのものを欲しがろうとはしないのであって、もしこの恐れがなくなれば、すぐにも他者に襲いかかって、略奪行為を始めるだろう。

15 穏健な裁判官が示す正義というのも、つまるところ、自分の出世欲にほかならない。

16 人が不正を非難するのは、不正を嫌っているからというよりも、不正によって被《こうむ》る損害を恐れてのことである。

17 友人たちの幸福を知ったときに、誰もが最初に示す反応は喜びであるが、しかしそんな喜びは、われわれの生来の善意から生まれたものでもなければ、われわれが彼らに対して抱いている友情から生まれたものでもない。それは、つぎはわれわれ自身が幸福になれるだろうとか、彼らの幸運のおこぼれにあずかれるだろうとか、そんな期待を抱かせる自己愛の仕業なのである。

18 親友が逆境に陥ったとき、われわれはいつも、なんとなく浮き浮きした気分になる。

19　慢心がもたらす最大の危険は、物事に盲目になることである。慢心が増長するにしたがって、われわれはますます盲目になっていくため、われわれの悲惨を和らげ、われわれの欠点を直してくれる対処法の知識を奪われることになる。

20　他者《ひと》にも道理はあり得ると思わなくなったとき、すでに自分にも道理はないのだ。

21　古代の哲学者たち、とりわけセネカの教えは、人間のさまざまな罪を取り除くためのものではまったくなかった。むしろ彼らは、人間の傲慢を増長させるためにこそ、教え説いたのである。

22　世に賢人と呼ばれる人たちが賢明なのは、自分には無関係な事柄に関してだけであって、自分にもっとも切実にかかわる問題に直面すると、たいていの場合、まったく賢明ではなくなる。

23　このうえなく鋭い知恵から、このうえなく鋭い狂気が生まれる。

24　節制とは、健康を愛することである。しかし、たくさん食べられないことへの言い訳かもしれない。

25
人間に備わるひとつひとつの才能にも、一本一本の木と同様、それぞれに固有の特性と効用がある。

26
人はある事柄についてしゃべり飽きると、その事柄をあっさり忘れてしまうものだ。

27
謙遜は、褒められることを嫌っているように見えるが、じつは、もっとうまく褒めてもらいたいと思っているのだ。

28
人が悪徳を糾弾し、美徳を称賛するのも、欲得ずくのことである。

29
どれほどお世辞のうまい人でも、われわれをすっかり喜ばせてはくれないが、それはわれわれ自身の自己愛のせいである。

30
人は怒りの種類をまったく区別しないが、一方では、熱しやすい気性から生まれるほとんど無邪気な軽い怒りがあり、他方、まさしく傲慢の爆発がもたらす非常に質《たち》の悪い怒りもある。

31 偉大な魂とは、普通の魂よりも情念が少なく、美徳が多いということではなく、ひとえにより大きな目論見を持つ魂だということである。

32 生まれつきの凶暴さも、自己愛ほどには残酷な人間を生み出しはしない。

33 イタリアのある詩人[*19]は、女の貞節について、それは、たいていの場合、貞節に見せかける技にすぎないと言ったが、この言葉は、われわれのあらゆる美徳について、そのまま当てはまる。

34 世間が美徳と称しているのは、たいていの場合、われわれの情念から生まれた幻にすぎない。人はそれにもっともらしい名を与えているが、じつのところ、罰せられずに好き勝手なことをやるための口実なのだ。

35 われわれが自分の欠点を打ち明けるのも、もっぱら虚栄心によってなのである。

36 人は、善においても、悪においても、けっして極端に走ろうとはしない。

37 大きな罪を犯すことができない者には、他者《ひと》が大きな罪を犯すところを想像するのもむずかしい。

38　葬儀が華美になりがちなのは、死者に礼をつくすためというよりも、生者の虚栄心を満足させるためである。

39　世間は不安定であり、多様に変化するが、にもかかわらず、そこにはひそかなつながりや神の摂理による不変の秩序というものがある。それゆえに、物事はそれぞれの序列を守って進行し、みずからの運命の流れに従っていくのだ。

40　陰謀において心を支えるのは大胆さだが、戦場の危険を耐え抜くのに必要なあらゆる固い意志をもたらすのは勇猛心であり、しかも勇猛心だけで足りる。

41　勝利というものを、その由来によって定義しようとすれば、詩人たちのように、それを女神と呼びたくなるであろう。というのも、勝利の起源はこの世のどこにも見いだすことはできないからである。ところがじっさいには、勝利とは、さまざまな無数の活動、しかも勝利を目的にしたものではなく、それに加わる人たちの個人的欲得だけから起こされた活動の産物にほかならない。ひとつの軍隊を構成するすべての者が、めいめい勝手に自分の手柄や昇進をめざして戦った結果、かくも偉大で、かくも全般的な益、つまり勝利というものを獲得することになったのだ。

42 かつて危険に身をさらしたことが一度もない者には、自分の勇気を請けあうことはできない。

43 模倣はつねに失敗に終わる。本物なら人を魅惑したあらゆるものが、模倣されたとたん、誰にも喜ばれなくなる。

44 誰にも分け隔てなく注がれる善意と巧妙な処世術とを区別するのはむずかしい。

45 いつも善良でいられるためには、ほかの人たちが、もしわれわれに悪いことをすればばただではすまないと信じていることが必要である。

46 自分は気に入られていると思い込んでいると、相手を不快にすること請けあいである。

47 他者に対する信頼の大部分は、自信から生まれている。

48 世の趨勢《すうせい》だけでなく、人びとの好みまで変えてしまうような、大きな変動がある。

49　真実こそ、完全や美の基礎であり道理である。いかなる性質のものであれ、本来そうあるべきものにすっかりなっていなければ、また備えるべきものをすべて備えていないならば、それはけっして美しくもなければ、完全でもあり得ないだろう。

50　美しいもののなかには、完全に仕上がってからよりも、むしろ未完成のままのほうが、輝いて見えるものもある。

51　高邁《こうまい》さとは、自尊心の気高い努力の表れである。それによって、人間は自分自身の主人となり、やがてはあらゆるものの主人となる。

52　国家において奢侈《しゃし》や過度の礼節がはびこるのは、亡国の確かな前兆である。というのも、すべての個人が私利私欲に走り、公益に背を向けているからである。

53　死は禍ではないと哲学者たちは言うが、彼ら自身、この説をすっかり信じているわけではない。その証拠に、彼らは、命を失うのと引きかえに、自分の名を不滅たらしめようと、四苦八苦しているではないか。

54
あらゆる情念のなかで、われわれ自身にもっとも知られていないのは怠惰である。怠惰は、その猛威は感じられず、またそれがもたらす被害はすっかり隠されているとはいえ、あらゆる情念のうちでもっとも熾烈《しれつ》で、もっとも有害なものである。その威力を注意深く観察してみれば、あらゆる状況において、怠惰がわれわれの判断、関心、快楽の支配者になっているのが分かるだろう。それは、どんなに大きな船でも停《と》めてしまう力を持つ小判鮫《レモラ》[20*]であり、またどんな大事業でもストップさせてしまうことにかけては、暗礁や大時化《おおしけ》よりも危険な凪《なぎ》である。怠惰のもたらす安らぎは魂をひそかな魔法にかけ、どんなに執拗《しつよう》な追及も、どんなに固い決意も、たちまち中断させてしまう。この情念の真相を明らかにするには、つぎのように言わねばなるまい。つまり、怠惰とは魂の至福のごときものであり、この至福はあらゆる財産のかわりになるから、魂は何を失っても慰められてしまうのだ、と。

55
まだ愛を得ていないときに、新たに愛を得るのは、すでに愛を得ていて、その愛から逃れるよりも、はるかにやさしい。

56
女が男に靡《なび》くのは、たいていの場合、情熱によってではなく、弱さによってである。だからこそ、恋の駆け引きでは、普通、見映えはともあれ、熱心な男のほうが勝つのだ。

57　恋においては、相手につれなくするのが、愛され続けるための確かな方法である。

58　恋する男女は、愛し合わなくなったら、正直に打ち明け合おうと約束するものだが、そんな約束をするのは、ほんとうに愛されなくなったときに、それを知りたいからというよりも、相手がそう言わないかぎりは、自分を愛してくれていると安心できるからである。

59　恋のたとえとしてもっともうまく当てはまるのは熱病であろう。いずれも、ひとたび罹《かか》ると、それがどれだけひどくなるのか、どれほど続くのか、さっぱり分からず、もはやわれわれの手には負えなくなる。

60　どれほど無能な人間にもできるもっとも賢明なふるまいとは、他者《ひと》のよき指導に素直に従うことである。

61　自分のうちに安らぎを見いだせない人間は、自分のそとにそれを探しても無駄である。

62　愛することも、愛さなくなることも、けっして当人の意のままにはならないのだから、恋する男が女の心変わりを責めるのも、恋する女が男の浮気を責めるのも、ともに道理に合わない。

63 愛するのに飽きたときには、相手が自分に不実を働くと、むしろほっとする。誠実でなければならないという義務感から解放されるからだ。

64 自分の秘密を自分自身でさえ守れないのに、どうして他人にそれを守ってほしいと願うことができようか。

65 怠け者以上に、他人を急《せ》き立てる者は誰もいない。怠惰な生活を十分味わいつくしたあとでは、熱心な人間に思われたくなるものだ。

66 相手の友情が冷めたことに気づかないのは、自分でもさほど友情を持っていない証拠である。

67 王たちは人間を貨幣のように扱い、自分の思いどおりに人間の価値を決める。そこでわれわれも、人間を、その真の価値に従ってではなく、相場に従って、処遇しなければならなくなる。

68　犯罪のなかには、その華々しさ、その数の多さ、そのはなはだしさによって、無罪になってしまうばかりか、栄光と見なされるものさえある。じっさい、公然たる盗みが手柄とされ、不当に諸地方を奪うことがれっきとした征服とされる。

69　人は、自分の期待や欲望を抑えることはほとんどしないが、相手への感謝の念だけはほどほどに抑える。

70　亡くなった友をわれわれが惜しむのは、かならずしも彼らの人徳そのものによってではなく、われわれのためにいろいろやってくれたとか、われわれをよく思ってくれていたとか、そんな理由からでもある。

71　人は他人の内心を見抜くのは好きだが、自分の内心を見抜かれるのは嫌う。

72　あまりに大げさな養生法で自分の健康を保とうとするのは、困った病気である。

73　ほかでコケットなまねをしたばかりのときにはいつも、恋人に会うのがためらわれる。

74　自分の過ちを打ち明ける勇気があるならば、それについてよくよく考える必要はない。

# 没後収録の箴言

1　この世でもっとも幸福な人間とは、ほんの少しのもので足りる人間のことであるから、偉人や野心家は、その点で、もっともみじめな人間たちだと言わねばならない。彼らを幸福にするには、数かぎりない富をかき集めてこなければならないのだ。

2　ずるがしこさとは小ざかしさにすぎない。

3　哲学者たちが富を糾弾するのは、われわれが富を悪用するからである。しかし、富を得ることも、それを正しく使うことも、われわれの努力次第で可能である。薪《たきぎ》が火を活かし、かき立てるように、富が悪徳を養い、肥やす、などとよく言われるが、逆にわれわれは、富をあらゆる美徳のために使い、それによって、富をもっと喜ばしく、輝かしいものにすることもできる。

4　隣人が没落すると、敵ばかりか、友さえも喜ぶ。

5　誰もが、自分は他者《ひと》より一枚上だとひそかに思っている。

6　虚栄にはどれほど多くの種類があるか、それを数え上げることはとうていできまい。

7　美徳の欺瞞性を暴く箴言を読んで釈然としないことがあるとすれば、それは、自分自身に関するかぎり、美徳は本物だといともたやすく信じているからである。

8　われわれは、死すべき存在として、あらゆるものを恐れるが、一方では、不死身でもあるかのように、あらゆるものを欲する。

9　神は、自然のなかにさまざまな木を植えたように、人間のなかにさまざまな才能を植え付けた。それゆえ、それぞれの才能は、それぞれの木と同様、まったく独自の特性と働きを持っている。どんなに立派な梨の木も、ごく普通のリンゴを実らせることはできないのと同様、どんなに優れた才能も、ごく普通の才能と同じ働きをすることはできない。それゆえにまた、自分のうちにその才能の種さえないのに、箴言を作りたいなどというのは、球根をひとつも植えていないのに、花壇にチューリップが咲いてほしいと願うのと同様、馬鹿げたことである。

10 人間は本来、今あるようなものとして造られているわけではない。その確かな証拠として、人間は理性的になればなるほど、自分の感情や性向のでたらめさ、卑しさ、そして退廃に、ひそかに赤面せざるを得なくなる。

11 他者《ひと》がわれわれに真実を隠すからといって、腹を立ててはならない。われわれ自身、しょっちゅう、自分に真実を隠しているのだから。

12 死は恐るに足りないと信じ込ませるために、哲学者たちがあれほど躍起になっているところを見れば、死がいかに恐るべきものであるかがよく分かる。

13 いくつかの美徳のそばに、あえて怠惰を配置したのは、悪魔の仕業ではなかろうか。

14 善の終わりは悪であり、悪の終わりは善である。

15 人は他人の欠点は気安く咎めるが、それを自分の欠点を直すのに役立てることはめったにない。

16 われわれの身に起こる幸不幸が、われわれにどのような影響を与えるかは、その規模の大きさよりも、それを受け止めるわれわれの感受性に左右される。

17 高貴な身分を鼻にかける者にかぎって、自分をかくあらしめてくれた先祖の努力や功績についてはあまりしゃべりたがらないものだ。

18 嫉妬の治療薬とは、疑いの真偽を確かめることである。その結果は、当人が死ぬか、愛が終わるか、いずれかであろう。それは荒療治ではあるが、疑い続ける苦しみからくらべればまだ楽である。

19 すべての人間が互いにどれほど似ているか、逆にまた、どれほど違っているか、それを理解することはむずかしい。

20 人間の心を暴いてみせる箴言がこれほど物議をかもすというのも、誰もが自分の心を暴かれるのを恐れているからである。

21 人間とはじつにみじめな存在である。どんなことをするのも、自分の情念を満足させるためであるのに、その情念の横暴にたえず苦しんでいる。情念の激しさにも耐えられないが、その軛《くびき》から脱するのに必要な努力の大きさにも耐えられない。自分の悪徳にもうんざりしているが、それを改めようとすることにもうんざりしている。病気のつらさも我慢できないが、それを治療するつらさにも耐えられない。

22　神は、原罪を犯した人間を罰するために、自己愛をみずからの神として崇《あが》めることを許した。その結果、人間は、生涯のあらゆる行動において、自己愛に苛《さいな》まれ続けることになった。

23　期待と恐れは不可分である。期待なくして恐れはないが、また恐れなくして期待はない。

24　われわれの愛する人がわれわれを支配する力は、ほとんどいつも、われわれが自分を支配する力よりも大きい。

25　われわれは、他人に欠点があることはいともたやすく信じてしまう。自分がそうあってほしいと思うことは、何でもたやすく信じてしまうのが、われわれの性分なのだ。

26　私欲は自己愛の魂である。魂の抜けた肉体は、何も見えず、何も聞こえず、何も知らず、何も感じず、まったく動かないが、それと同じで、私欲から離れた――仮にそういうことがあり得るとして——自己愛も、何も見ず、何も聞かず、何も感じず、まったく動かなくなる。それゆえ、私欲に駆られて陸と海を自在に走り回っていた同じ人間が、他者《ひと》のためとなると、とつぜん体が麻痺《まひ》してしまう。あるいは、会談中、われわれが自分のことばかり話していると、聞いている者は誰も、とつぜん眠気に襲われたり、仮死状態になったりするが、逆に相手にかかわる話題を交ぜるとさっそく、彼らは生き返る。こんなふうにして、会話においても、交渉事においても、ひとりの人間が、自分の利害が近づくか、遠ざかるかに応じて、一瞬にして意識を失ったり、また意識を取り戻したりするさまを見ることができる。

27 人が誰かを称賛するのは、何か魂胆があってのことである。

28 情熱とは、自己愛の多様な好みにほかならない。

29 極度の退屈は、退屈をまぎらすのに役立つ。

30 人がある物事を褒めたり、けなしたりするのは、ほとんどの場合、それらを褒めたり、けなしたりするのが流行《はや》りだからである。

31　黙っているのがこわくてしゃべっているときほどに、うまくしゃべるのがむずかしいことはない。

32　意志の強さと言われているものから、すでに手に入れたものを所有し続けたいという欲望とそれを失うのではないかという恐れを取り去ってしまえば、あとにはたいしたものは残らないだろう。

33　社交生活のほとんどすべての規則を弛緩《しかん》させてしまうあのなれなれしい態度は、社交界をもっと肩の凝らないものにしようとする自由思想が持ち込んだものである。それは自己愛の仕業のひとつである。自己愛は、すべてをわれわれの弱さに合わせようとして、良俗が課している気高い服従からわれわれを解放するとともに、良俗をわれわれの都合のよいものにしようとあれこれ画策したあげく、それを悪徳に変えてしまうのである。女たちは、生まれつき男よりも軟弱なので、すぐにこの弛緩に染まってしまい、より多くの美徳を失うことになる。女性の品格は保たれず、女性が敬われることも少なくなる。要するに、今の社交界では、貞淑という美徳は本来持つべき権利の大半を失っているのである。

34　からかいは才気が生み出す快く陽気な遊びであり、会話を楽しくする。礼儀をわきまえたものであれば、からかいは人びとを和合させる働きをするが、そうでない場合は、不和のもとになる。からかいは、その対象となる人に当てたものというよりも、からかう当人のためのものである。それはいつも、虚栄心が生み出す才気の闘いなのだ。それゆえ、からかいを軽く受け流すだけの才気を欠く人、欠点を非難されて赤面するような人は、等しく、からかわれることで、心を傷つけられる。それは不当に敗北を宣告されたようなもので、彼らはそれをけっして許そうとはしないだろう。からかいは一種の毒薬であり、むき出しのままでは、友情を台無しにし、さらには恨みをかき立てるが、才気の魅力や称賛のお世辞で和らげれば、友情を得たり、長続きさせたりするのに役立つだろう。それゆえ、友人や弱い者をからかうときには、節度をもって慎重にやらなければならない。

35 信心家になろうとする者は多いが、誰も謙虚になろうとはしない。

36 肉体労働は、人を精神的苦痛から解放する。だからこそ、貧しい人たちも幸福になれる。

37 真の苦行は、誰にも知られずに行われるものである。ほかの苦行が楽なのは、虚栄心が働くからだ。

38　謙虚さとは、神が唯一そこで犠牲を捧げてもらいたいと願っている祭壇である。

39　賢者を幸福にするにはほんの少しのもので足りるが、何ものも愚者を満足させることはできない。ほとんどの人間がみじめなのは、それゆえである。

40　われわれが苦心惨憺《くしんさんたん》しているのは、幸福になるためというよりも、自分が幸福であると他人《ひと》に思わせるためである。

41　最初の欲望を断ってしまうほうが、それに続くすべての欲望を満たすよりも、はるかにたやすい。

42　知恵と魂の関係は、健康と肉体の関係に等しい。

43　この世の権力者たちは肉体の健康も魂の平安も与えることはできない。だから、人はいつも彼らがほどこし得る恩恵のすべてを法外な値段で買わされることになる。

44　何かをむやみに欲しがるまえに、それをすでに持っている人間がどれほど幸福かを確かめたほうがよい。

45 真の友人はあらゆる財産のうちでも最高の宝でありながら、人がそれを得たいと願うことのもっとも少ない宝でもある。

46 恋する男の目に恋人の欠点が見えるようになるのは、恋の魅惑が消え失せたときである。

47 慎重さと恋は相容れない。恋が燃え盛るにつれて、誰も慎重ではいられなくなる。

48 男にとって、嫉妬深い妻を持つことが、ときには楽しいこともある。いつも愛する女の話ばかり聞かされるのだから。

49 恋と美徳を併せ持つとき、女はじつにつらい思いをする。

50 賢者は、戦いに勝つよりも、戦いに加わらないことをよしとする。

51 本を研究するよりも、人間を研究することのほうが必要だろうに。

52　幸福も不幸も、たいてい、それをすでにありあまるほど持っている人間ばかりにやってくる。

53　人が自分を責めるのは、褒めてもらいたいからでしかない。

54　自分が愛されていると信じ込むのは、ごく自然なことではあるが、これほど当てにならないこともない。

55　われわれは、われわれに親切にしてくれた人たちよりも、自分が親切にしてやった人たちに会いたいと思うものだ。

56　感じてもいない感情を感じているふりをするより、じっさいに感じている感情を隠すほうがむずかしい。

57　ひとたび断ち切れたあと、ふたたび結ばれた友情を維持するには、一度も断ち切れたことのない友情を維持する以上の気遣いを必要とする。

58 誰も好きになれない人間は、誰にも好かれない人間よりも、はるかに不幸である。

59 老いこそ女の地獄である。

60 宮廷貴族が自分よりも位の低い大臣に示す恭順や平身低頭ぶりは、勇者の卑屈である。

61 紳士たる資格は、特定の身分に限られたものではなく、あらゆる身分に開かれている。

# さまざまな考察

## I　真実性について

どんな真実であれ、その真実性は、ほかのいかなるものの真実性と比較しても、消えてなくなることはあり得ないし、ふたつのもののあいだにどれほどの違いがあろうとも、一方の真実性が他方の真実性を消し去るようなことはまったくない。たしかに、規模の違い、華やかさの違いというものはあり得るが、真実であることにおいて、両者はつねに等しく、大きいほうが小さいほうよりもより真実だということはない。たとえば、武勇の道は詩歌《しいか》の道よりも壮大で、高貴で、輝かしいとはいえ、詩人と征服者は、彼らがまさに彼ら自身であるということにおいて、互いに肩を並べることができるし、同じことが、政治家と画家等々についても言えるだろう。

スキピオとハンニバル、ファビウス・マクシムスとマルケルス[21(1)]というように、同じ分野のふたりの人物がそれぞれに違っていたり、まったく正反対だったりする場合もあるが、彼らの優れた資質はほんものであるから、両者は立派に並び立ち、比較することによって一方が他方を消し去るということはない。アレクサンドロスとカエサルは王国を与え、一方、貧しいやもめは小銭を与える[22](2)。もちろん贈り物の規模は違うが、いずれにおいても、物惜しみしない心は真実であり、そこに優劣はない。それぞれが、みずからの分《ぶん》に応じて、与えたのである。

ひとりの人がいくつもの真実を持ち、別の人がひとつしか持たないということもある。いくつもの真実を持つ人はより大きな価値があり、相手が精彩を欠くいくつもの点において精彩を放つことができよう。しかし、両者がそれぞれに真実であるところでは、両者とも等しく精彩を放つ。エパミノンダスは偉大な武将であり、よき市民であり、偉大な哲学者であり、ウェルギリウス[23](3)よりも尊敬されていた。それは、彼のほうがウェルギリウスよりも多くの真実を備えていたからである。しかし、偉大な武将としてのエパミノンダスが、偉大な詩人としてのウェルギリウスよりも優れていたというわけではない。というのも、この点においては、一方が他方よりも真実であるということはないからである。一羽のカラスの目をつぶしたことで、ある執政官によって死刑にされた子供の残酷さは、自分の息子を殺させたフエリーペ二世[24](4)の残酷さに比べれば、たわいないことだし、そこには後者の場合のように他の悪徳もさほど混じってはいなかったかもしれない。しかし、小さな動物に加えられた残酷さの度合いは、もっとも残忍な君主たちの残酷さに匹敵することには変わりない。というのも、彼らの残酷さの程度はそれぞれに違うとはいえ、残酷であることは等しく真実だからである。

あるいは、それぞれにふさわしい美しさを備えたふたつの館があるとする。だが、このふたつの館の規模がどれほど違っていたとしても、どちらか一方の美しさが他方の美しさを圧倒し、消し去ってしまうということはない。たとえば、シャンティイの城館とリアンクールの城館[25(5)]を比べた場合、たしかにシャンティイのほうがはるかに多様な美しさを備えてはいるが、それによって、リアンクールの影が薄くなるということはまったくないし、もちろん、リアンクールがシャンティイを凌駕《りょうが》するということもない。というのも、シャンティイはコンデ公の偉大さにふさわしい美を備えており、リアンクールは一私人にふさわしい美を持っており、しかもそれぞれがほんとうに美しいからである。とはいえ、派手ではあるが整いを欠く美女が、ほんとうに美しい女の影を薄くしてしまうということもよくある。しかしそれは、美の判定者になっているのが先入見に囚《とら》われやすい趣味というものだからであり、そのうえ、最高の美女の美しさといえども、つねに一定しているわけではないからである。それゆえ、さほど美しくない女がほかの女の美しさを目立たなくさせることがあるとしても、ほんのしばらくのあいだでしかあるまい。光の具合や明るさの変化によって、顔立ちや顔色の真相がよく見えたり、見えなかったりするために、さほど美しくない女の美しさが際立ったり、ほかの女のほんとうの美しさが隠れてしまったりするのである。

## II　交際について

私の意図は、交際について語りながら、友情について語ることではない。両者のあいだには何らかの関係があるとはいえ、友情と交際はまったく異なる。友情のほうが気高く尊いのであって、交際の理想は友情に似ることにある。それゆえ、ここで私が語りたいのは、紳士同士が結ばざるを得ない個人的な付き合いについてである。

人間にとって交際がどれほど必要であるかは、いまさら言うまでもなかろう。誰もがそれを欲し、求めるが、交際を楽しいものにしたり、持続させたりする方法を講じようとする者はほとんどいない。誰もが、他人を犠牲にして、自分の楽しみや利益を見つけようとする。ともに生きていこうと思っている相手たちよりも、つねに自分のことを優先させてしまい、しかもたいてい、そうした身勝手を相手に覚《さと》らせてしまう。そのため、交際がうまくいかず、場合によっては破綻《はたん》する。それゆえ少なくとも、この自己優先の欲望をうまく隠すようにしなければならないだろう。自分を優先したいという欲望は、われわれの自然本性なので、それをなくすわけにはいかないからだ。ともあれ、自分が楽しみながらも、相手も楽しめるようにしつつ、彼らの自己愛に配慮し、けっしてそれを傷つけないようにしなければならない。

この重大な仕事をなしとげるうえで、大きな役割を果たすのは才気だが、そのために辿るべきさまざまな道にうまく分け入るには、才気だけでは足りない。才気と才気が取り結ぶ関係だけでは、交際を長いこと維持し続けることはできず、そのためには、良識や気質、さらにはともに生きていこうと思っている者同士の尊敬や思いやりが必要である。ときに、気質も才気も正反対な人同士が親しくしているように見えることもあるが、おそらくそれは何か別の関係で結びついているのであって、けっして長続きはしない。あるいはまた、生まれや個人的資質によって、自分よりも立場の弱い人と交際することもあるが、そんな場合でも、自分の優位を濫用《らんよう》してはならない。それをめったに相手に感じさせてはならないし、相手を教え導くためにだけ、それを使うべきである。教え導いてもらう必要があることを相手にそれとなく気づかせ、できるだけ相手の意向や利害に配慮しながら、理性的に導いてやらねばならない。

交際を心地よいものにするには、それぞれが自由を保つことが必要である。会うことも、まったく会わないことも、互いの自由とし、義務感に縛られることなく、ともに気晴らしをしたり、いっしょに退屈したりする、そんなふうでなければならない。また離れ離れになっても、それによって互いの関係が変わらないようでなければならない。ときに相手にわずらわしいと思われたくなければ、しばらく会わずにいることもできなければならない。また、相手に不快な思いをさせるはずはないと信じているときにかぎって、不快な思いをさせているものだ、ということを肝に銘じておかねばならない。ともに生きようとしている人たちの気晴らしには、できるだけ協力すべきだが、いつもその役を引き受けようとするのはかえってよくない。交際には心遣いが必要だが、限度をわきまえるべきである。あまり度が過ぎると、隷属になってしまう。少なくとも、自由にそうしているように見えなければならないし、友人の意向に従いながらも、われわれ自身の意向にも従っているのだと彼らに思わせなければならない。

友人の欠点が生まれつきのものであるときには、またそれが彼らの長所よりも少ない場合は、なるべく大目に見るべきである。こちらがそれに気づいているとか、それに驚いたとか、彼らに覚らせることはなるべく避け、彼らが自分からそれに気づき、自分でそれを直すことができるようにうまく仕向けなければならない。

紳士の交わりにはある種の洗練が必要である。それによって冗談も通るし、また、自説を熱心に押し通そうとすると、自分でも気づかぬうちに、言葉がぞんざいになったり、きつくなったりするが、そうしたとげとげしい言葉によって互いに傷つけ合うことを、洗練は未然に防いでくれる。

そのうえ、紳士同士の交際は、ある種の信頼がなければ長続きしない。しかもその信頼は相互的でなければならない。それぞれが安心できる慎み深い態度でふるまい、うっかり何を言い出すか分からないなどという心配を相手が抱かないようにしなければならない。

また才気にもバラエティーがなければならない。一種類の才気しかない者は、長いこと相手を楽しませることはできない。交際の楽しみに進んで協力し、違った声、違った楽器で音楽を演奏する場合と同じ調和の原則を守るならば、さまざまに違った道を行ってもよいし、同じ物の見方、同じ才能を持たなくともよい。

何人もの人が利害を同じくすることはむずかしいとしても、交際を和やかにするには、せめて互いの利害が衝突しないように配慮することが必要である。友人が喜びそうなことは率先してやり、彼らに役立つ方法を探し、悩みを抱えなくてすむようにしてやり、もしそれがかなわなければ、ともに悩んでいるという姿勢を示し、悩みを一挙に解決してやろうなどとは言わずに、いつの間にか消えるようにし、そのかわりに楽しいこと、少なくとも彼らが没頭できることを提供する、そんなふうにすべきである。相手にかかわることを話題にしてもよいが、本人が許容する範囲にとどめ、大いに節度をわきまえねばならない。相手の心の奥襞《ひだ》に深入りしないよう、礼節を守り、ときには思いやりも必要である。自分の心の秘密について、自分が知っていることをすべてさらけ出されるのはつらいことだし、ましてや自分でも知らないことを見抜かれるのはいっそうつらい。紳士同士が交際を重ねれば、おのずから親しさも増し、率直に語り合う話題もどんどん増えていくが、にもかかわらず、交際を長く保つのに必要なさまざまな意見や忠告を素直に受け入れる従順さと良識を十分に備えた人はほとんどいない。誰も、ある程度までは注意してほしいと思うが、何から何までいちいち教えられるのはいやだし、あらゆる種類の真実を知ってしまうのも怖いのである。

物事を正しく見るには一定の距離を置く必要があるが、交際においても同じことが言える。それぞれの人が、そこから自分を見てもらいたいという視点を想定している。誰も、あまりに近くからじろじろ見つめてほしくないと思うが、じつにもっともなことで、あらゆる点において、自分のありのままの姿を見られてもかまわないという人はめったにいない。

## Ⅲ　風貌と物腰について

それぞれの人間の顔立ちや才能にふさわしい風貌がある。自分の風貌を棄てて、ほかの風貌を取って付けた場合、かならず失敗する。自分にとって自然な風貌をよく知り、それからけっして離れず、それをできるだけ完全なものにするよう努めなければならない。

たいていの小さな子供たちがかわいらしいのは、彼らがまだ自然が与えてくれた風貌と態度に閉じこめられており、別の風貌や態度をまったく知らないからである。子供時代が終わると、彼らはそれを取り換え、台無しにしてしまう。ほかの人がやっていることを見て、それを真似《まね》しないといけないと思うが、完璧に真似ることは不可能である。そうした模倣には、つねに何かしら不自然なところ、おぼつかないところがある。彼らの態度や感情には、しっかり定まったところがまったくない。じっさい彼らは、自分がそう見られたいと思うとおりになるどころか、ほんとうの自分ではないものに見られようと努めているのだ。誰もが別人になりたい、自分ではなくなりたいと思っている。彼らは、自分のそれとは別の風貌、別の才気を探し求める。他人の口調や物腰をいきあたりばったりに取り入れ、ある人にふさわしいことでも、すべての人にふさわしいとはかぎらないこと、口調にも物腰にも一般規則はないこと、よい模倣というものはあり得ないことを考えもせずに、それをわが身に実験してみるのだ。もちろん、ふたりの人間が、真似し合ったわけでもないのに、いくつかの点で似ていることもあるが、本性に従っているかぎり、それはそれでよいのである。しかし、ほとんど誰も自分の自然に忠実に従おうとはしない。皆が真似したがる。しかもたいてい、自分でも気づかないうちに真似してしまっている。こんなふうにして、誰もが自分自身の財産をないがしろにして、他人の財産を欲しがるが、それは、たいていの場合、われわれにふさわしくないのである。

こう言ったからといって、自分自身のうちにすっかり閉じこもってしまい、人から与えられたお手本を取り入れたり、自然が与えてくれなかった役に立つ長所、あるいは必要な長所を新たに身につけたりする自由を放棄してもよいと主張しているわけではない。技能も知識も、それを活用できる人間の大半にとって至極便利だし、優雅さや礼節を身につけることは、誰にもふさわしい。しかし、このようにあとから身につけた長所も、生まれつきの長所と関連させ、両者を結びつける必要がある。それによって、あとから身につけた長所が、いつの間にか、広がったり、大きくなったりするのである。

われわれは、自分の分を超えた地位や顕職に押し上げられることもときたまあるし、天職とはとうてい言えない新しい仕事に就くこともしばしばある。これらの立場には、それぞれにふさわしい風貌があるが、それがわれわれの生来の風貌にうまくマッチするとはかぎらない。こうした運命の変化によって、しばしば、われわれの風貌や物腰も変わり、そこに威厳も加わるが、それがあまり目立ったまま、自然がわれわれに与えてくれた風貌とひとつになって溶け合わない場合は、ついに付け焼き刃で終わってしまう。新たに加わった風貌と生来のそれをひとつに混ぜ合わせ、両者がいささかも離れているように見えてはならない。

誰も、あらゆる事柄を、同じ口調、同じ物腰で話したりはしないし、連隊の先頭に立って行進するときと、散歩で歩いているときでは、歩き方が違う。それでも、さまざまな事柄を自然な調子で話すには同じひとつの風貌を保つ必要があるし、連隊の先頭を行くとき、また散歩のとき、それぞれにふさわしい歩き方があるように、われわれは場合に応じて違った歩き方をするが、それでもつねに自然な歩き方でなければならない。

なかには、自分本来の自然な風貌を棄てるばかりか、自分が成り上がった地位や顕職の風貌になりきろうとする者もいるし、さらには、自分が渇望している地位や顕職の風貌を先取りする者すらいる。なんと多くの大将が元帥に見られようと齷齪していることか！　なんと多くの法官が大法官になったつもりで、その風貌をむなしく真似ていることか！　なんと多くの町人女たちが公爵夫人を気取っていることか！

人がしばしば不快に思われてしまうのは、誰も、自分の風貌と物腰を自分の顔立ちに調和させ、自分の口調と言葉を自分の考えや感情に一致させるすべを知らないからである。自分なりの調和を、偽りのもの、異質なものによって、乱してしまうのだ。人は本来の自分を忘れ、いつの間にか、それから遠ざかってしまう。ほとんど誰もが、どこかでこの過ちに陥ってしまう。誰も、こうした諧調《かいちょう》を完全に聴き取るだけのよい耳を持っていない。一方では、才能は少な多くの人が、愛すべき長所を持ちながら不快感を与えるのに対して、他方では、才能は少ないのに好感を与える人も多いが、それは、前者がほんとうの自分とは別の人間に見せかけようとしているのに対して、後者はありのままの自分を見せているからである。要するに、われわれが自然からどのような長所ないし短所を与えられたにせよ、われわれが他者に喜ばれるのは、われわれの身分や顔立ちにふさわしい風貌、口調、物腰、感情に忠実である度合いに応じてであり、それから遠ざかれば遠ざかるほど、不快感を与える。

## Ⅳ　会話について

会話において、感じがよいと思われる人があれほど少ないのは、誰もが、相手の言うことよりも、自分が言いたいことばかり考えているからである。自分の話を聞いてほしければ、相手の言うことをよく聞かなければならない。たわいのないことであっても、言いたいことを言う自由をつねに相手に残しておく必要がある。よくあるように、相手の話に逆らったり、さえぎったりするのではなく、反対に、相手の考えや好みに同調し、相手の話をよく聞いているという姿勢を示すとともに、相手にかかわることを話し、相手の言っていることを、褒めるに値するかぎりにおいて褒め、しかも褒めるのは、お愛想からではなく、ほんとうにそう思っているからだということを示さなければならない。どうでもよいことで異議を唱えることは避け、無用な質問は極力しないようにし、相手よりも自分のほうが正しいと主張しているのだとはけっして思わせないようにし、判断を下す権利をすんなり相手に譲るようにしなければならない。

話すときは、話し相手の気質や性分に応じて、自然で分かりやすく、ある程度はまじめなことを話題にするのがよく、しかも自分が言ったことに賛同したり、それに答えたりするよう、無理強いすべきではない。こんなふうに、礼節の義務を果たしたうえでなら、自分の意見を表明してもよいが、自分の考えがぜったいに正しいとしつこく言い張るのではなく、それを聞いている人の賛同を求めているという姿勢を見せなければならない。

自分のことを長々としゃべったり、自分のことをたびたび例に出したりすることは避けなければならない。話し相手の傾向や理解能力を知ろうとする努力は、いくらあっても足りないほどである。それによって、自分よりも才気にあふれた人の考えをよく理解できるし、また、できるかぎり相手の考えに従っていると思わせながら、自分の考えを相手のそれに付け加えることもできる。話題になっている主題について、自分で言いつくしてしまわずに、相手に何かを考えたり、付け加えたりする余地をいつも残しておくというのも、賢明なやり方である。

権威ぶった話し方をしたり、話題の内容以上に大げさな言葉や表現を用いたりすることも禁物である。自分の意見が妥当であるなら、それを言い張ってもよいが、そうすることで、相手の感情を害したり、相手の言うことに呆《あき》れたというそぶりを見せたりしてはならない。会話の主導権を握ろうとしたり、同じことを何度も繰り返したりするのは危険である。出された話題が楽しくさえあれば、えり好みせずに会話に加わるべきであり、しかも自分の言いたいことのほうへ会話を引っ張っていこうとするそぶりはけっして見せてはならない。

いかに品がよく機知に富んでいても、あらゆる種類の会話があらゆる種類の紳士に等しくふさわしいとはかぎらないことに、注意する必要がある。相手にふさわしい話題を選び、またそれを言うタイミングも考えねばならない。しゃべる技術もたくさんあるが、それに劣らず、沈黙する技術もある。雄弁な沈黙というものもあるのだ。沈黙は、ときに同意を意味し、ときには非難を意味する。相手を軽蔑する沈黙もあれば、相手を敬う沈黙もある。会話においては、さまざまな表情、言い回し、物腰が、心地よさや不愉快さ、優しさやとげとげしさを醸し出す。そうした技をうまく使いこなす秘訣を授かっている人はほとんどいない。そうした規則を決める人びとですら、ときどき、思い違いをする。私の考えでは、もっとも確かな規則とは、変えることのできない規則はいっさい持たないということで、気取った物言いはせず、むしろ気楽な話をしていると相手に思わせ、聞くことに徹し、めったにしゃべらず、自分から無理に話そうとはけっしてしないことである。

## V　信頼について

誠実さと信頼は相通じるところがあるとしても、いくつかの点で違っている。誠実さとは、心を開き、ありのままの自分を見せることである。それは真実への愛であり、自分を偽ることへの嫌悪であり、自分の欠点を償おうという欲求、さらには打ち明けることによって欠点を少なくしたいという欲求である。信頼はそれほどの自由をわれわれに残してはくれない。その規則はもっと窮屈であり、しかもより多くの慎重さや自制を必要とするから、信頼はいつでもわれわれの自由になるというわけではない。信頼は自分だけの問題ではなく、通常、自分の利害と他者の利害が絡み合っている。信頼にはよほど的確な判断が必要で、さもないと、自分が自首することで、友人を連座させてしまったり、自分が与えるものの値打ちを高めようとして、友人の財産まで人手に渡してしまったりする。

信頼は、それを受ける者をつねに喜ばせる。信頼は、相手の美点に対して納める年貢であり、相手の信義に託す預金であり、われわれに対して相手が行使する権利の保証金であり、われわれが自主的に行う一種の従属である。こう言ったからといって、私は信頼を貶めるつもりはない。信頼は交際と友情の絆《きずな》であり、人間同士のあいだで必要不可欠であることは言うまでもない。私が言いたいのはただ、信頼に限度を設け、それによって信頼を正直で誠実なものにしたいということである。私は、信頼がつねに真実で、しかもつねに思慮深くあってほしい、人間的な弱さや私欲がからんでほしくないと願っている。もちろん、友人からのあらゆる種類の信頼を受け取ったり、逆にわれわれが相手に信頼を与えたりするやり方に正しい限界を設けることがいかにむずかしいかは、私もよく心得ている。

人が自分のことを打ち明けるのは、たいていの場合、虚栄心から、話したいという欲望から、相手の信頼を得たいという気持ちから、さらには秘密を分かち合いたいという願望からである。相手はわれわれに本心を打ち明けるもっともな理由があるが、われわれには相手に同じことをする理由はない、といった場合、われわれは相手の秘密は固く守ることで信義を果たすが、こちらからはちょっとしたことを打ち明けるだけにしておく。一方、相手の誠実さがわれわれにもよく分かっており、何でも遠慮なく話せる間柄で、みずから進んで、あるいは尊敬の念から、本心を打ち明けられるという場合もある。その場合には、自分だけにかかわることであっても、相手に何も隠してはならず、自分の長所であれ短所であれ、誇張したり、あるいは少なく見せかけたりせず、いつもありのままの自分を相手にさらけ出していなければならない。とりわけ、中途半端な打ち明け話をすることは禁物である。それをする当人もきまって気まずい思いをするし、聞く相手もそれで満足することはほとんどない。自分が隠そうとしていることにおぼろげな光を与えることで、かえって相手の好奇心をかき立て、もっと知りたい気持ちにさせるから、相手のほうとしても、それまでに知り得た秘密をおおっぴらにしてもよいだろうと思い込んでしまう。話し始めてから、口をつぐんでしまうよりも、最初から何も言わないほうが、ずっと安心だし、礼儀にもかなっている。

われわれに打ち明けられた事柄については、ほかにも守るべき規則がある。それが重大であればあるほど、慎重さと誠実さが必要となる。秘密は固く守るべきであるという点に関しては、誰もが一致するが、秘密の性格とか重大さを評価する段になると、かならずしも一致しない。何を言うべきか、何を黙っているべきか、われわれはそれを、たいていの場合、自分だけで判断する。永久に守るべき秘密というものはほとんどないし、それを明かさないほうがよいという気遣いもいつまでも続くわけではない。

誠実さが分かっている友人たちとは強い絆で結ばれる。彼らはわれわれに遠慮なしに何でも話してきたし、われわれも彼らに対していつも同じ態度を取り続けてきた。彼らはわれわれの習慣や交際範囲を知っており、われわれを非常に近くから見ているので、われわれのほんのわずかな変化も見逃さない。そのうえ彼らは、われわれが誰にもけっして言わないと固く約束したことさえ知るかもしれない。自分だけに打ち明けられた話を彼らに教える権利はわれわれにはないのだが、他方、それを知ることは、彼らにとって何かの得になるかもしれないし、われわれは彼らを自分のように信用している。こうして、われわれは深刻なジレンマに追い込まれる。われわれにとって大切な友情を失うか、あるいは秘密を守るという信義に背くか。この板挟みの状況こそ、われわれの誠実さにとってもっとも過酷な試練である。しかし紳士たるもの、こんなことでぐらついてはならない。このような場合、他人のことよりも、自分の信義を優先することが許される。われわれの第一の義務は、われわれに託された秘密をそっくりそのまま、あとのことは何も考えず、しっかり守ることである。それゆえ、言葉遣いや話す口調に気をつけるのはもちろんだが、心のなかであれこれ憶測することにも極力注意して、話のなかでも、表情にも、自分が言いたくないことに相手の注意が向けられるきっかけになりそうなことは少しでも表に現さないようにしなければならない。

われわれの信頼に対する権利を盾に、われわれについて何でも知ろうとする友人も少なくないが、そんな友人たちの身勝手に対抗するには、それなりのエネルギーと慎重さが必要である。こうした友人たちの権利なるものを、野放しに認めるようなことはあってはならない。彼らの裁量が及ばない場合や状況もあるのだ。もしそのことで、友人たちが不平を言うなら、それを甘んじて受け、やんわりと言い訳すればよい。それでも、彼らが無理難題を迫ってくるなら、彼らとの友情を犠牲にして、自分の義務を全うすべきである。避けられないふたつの不幸からひとつを選ぶことになるとしても、一方は取り返しがつくが、他方は取り返しがつかないのだ。

## VI　恋と海

恋とその気まぐれについてわれわれに描いてみせようとした人びとは、恋を海になぞらえ、両者をさまざまに比較しているので、彼らがすでに言っていることに、さらに何かを付け加えるのは至難の業である。彼らがわれわれに描いてみせてくれたのは、恋も海も等しく移り気であり、人を裏切るものだということ、両者のよいこと、悪いことは数知れないこと、いかに幸福な航海といえども無数の危険にさらされていること、嵐や暗礁をいつも恐れていなければならないこと、港に入ってさえ、しばしば遭難があること、などである。しかし彼らは、かくも多くの期待と恐れをわれわれに描いてみせながら、冷めて、衰弱し、終わりにさしかかった恋と赤道直下で遭遇する長いべた凪、あの退屈な無風状態との類比関係については、あまり教えてはくれなかったように思われる。長い航海に疲れ果て、早く終えたいと切に願う。陸が見えるが、そこにたどり着こうにも、風がまったくない。時候のさまざまな脅威にさらされる。病気や疲れで体の自由がきかない。水や食料が底をつく、あるいは味が変わる。ほかからの助けを求めるがむなしい。試しに魚釣りをして、何匹かの魚を釣り上げるが、気晴らしにもならなければ、腹の足しにもならない。見るものすべてに飽き飽きし、あいかわらず同じことばかり考え、うんざりし切っている。まだ生きてはいるが、心ならずも生きているのだ。このつらく退屈な状態から抜け出すのに、新たな欲望が湧くのを待っているが、湧いてくるのは弱々しく役立たずの欲望だけである。

## Ⅶ　手本について

よい手本と悪い手本のあいだにどれほどの違いがあろうと、両者とも、ほぼ等しく、悪しき効果をもたらしていることがお分かりになろう。もっとも[26(1)]偉大な人物の最高の手本がわれわれを美徳に近づけてくれないのと同様、ティベリウスやネロの犯罪もわれわれを悪徳から遠ざけてはくれないのではあるまいか。アレクサンドロスの武勇がいかに多くのほら吹きを生み出したことか！　カエサルの栄光はいかに多くの祖国への裏切りに口実を与えたことか！　ローマとスパルタはいかに多くの獰猛《どうもう》な美徳を讃《たた》えたか！　ディオゲネス[27(2)]はいかに多くの気むずかしい哲学者を生み出したことか！　同様にして、キケロ[28(3)]はおしゃべりを、ポンポニウス・アティクス[29(4)]は煮え切らない怠け者を、マリウス[30(5)]とスラは復讐魔を、ルクルス[31(6)]は享楽主義者を、アルキビアデスとアントニウス[32(7)]は放蕩者《ほうとうもの》を、[33(8)]カトーは頑固者を、それぞれ生み出した。これらすべての偉大なモデルたちが無数の悪しきコピーを作り出してしまったわけである。美徳と悪徳は、言ってみれば、互いに国境を接している。いずれの手本も、しばしば、われわれを惑わせる。われわれは欺瞞に満ちているから、そうした手本を、美徳に従うためというよりも、むしろ美徳から遠ざかるために利用しているとさえ言えるだろう。

## VIII　嫉妬の不確かさについて

人が自分の嫉妬について語れば語るほど、当人にとっておもしろくなかったことがさまざまな違った側面を見せてくる。ほんのわずかなことがきっかけで、様相が一変するし、つねに新しい何かが発見される。この新しい発見によって、これまで十分観察し、考え抜いたと思っていたことが、まったく違った様相のもとに見えてくる。ひとつの考えにしがみつこうとするが、何にしがみつくこともできない。これまでとは正反対のこと、まったく目立たなかったことが、同時に前面に現れてくる。憎みたいと思うし、愛したいとも思う。とはいえ、憎みながらも、まだ愛しているのだし、愛しながらも、まだ憎んでいるのだ。すべてを信じながら、すべてを疑っている。信じたことも、疑ったことも、どちらも恥ずかしく、いまいましい。自分の考えを定めようとたえず苦しみながら、けっしてひとつの結論にはいたらない。

詩人であれば、このようにさまざまに変わる考えを、シシュフォス[34(1)]の苦役にたとえるだろう。というのも、嫉妬に苦しむ人は、シシュフォスと同じように、険しい危険な山道で、無益に岩を転がし続けているのだから。山頂が見え、そこにたどり着きたいと懸命になる。たどり着きそうに思えるときもあるが、けっしてたどり着くことはできない。人は自分が望んでいることが信じられるほど幸福でもなく、また自分がもっとも恐れていることを確信できるならまだしも、そんなささやかな幸福さえ得られないのだ。人は永遠に不確かな状態に置かれ、幸と不幸がつぎつぎに目の前に浮かぶのだが、それらはいつもわれわれを逃れ去っていくのである。

## IX　恋と人生

恋は人生の似姿である。いずれも同じ変遷、同じ変化をたどる。いずれの青春期も喜びと期待にあふれている。人は若いことに幸福を感じ、恋することに喜びを感じる。かくも快適な状態から、われわれはさらに別の幸福、しかももっと長続きする幸福を望むようになる。生きているだけでは満足せず、進歩することを望み、出世して地位を築くためにあれこれ手をつくす。大臣の庇護《ひご》を求め、彼らに奉仕する。自分が狙っているものを誰かが狙うことには我慢できない。こうした競争には数限りない思いわずらいや苦しみが伴うが、ひとたび立派な地位に就いてしまえば、その喜びによってすべての苦労は吹き飛んでしまう。あらゆる情熱は満たされ、これからはずっと幸福であり続けるだろうと思い込む。

しかし、こんな至福が長く続くことはめったにない。新鮮さの魅力を長く保ち続けることができないのだ。望んだものを手に入れたとしても、われわれはさらに多くのものを求めてやまない。われわれは、すでにわれわれのものになっているあらゆるものに慣れてしまう。同じ幸福が以前と同じ価値を保つことができず、以前と同じようにわれわれの好みを満足させてはくれない。われわれ自身、いつの間にか変わってしまっているのだが、その変化にわれわれ自身も気づかない。これまでわれわれが手に入れたものは、すでにわれわれ自身の一部となっており、それを失うようなことがあれば、おそろしく苦しむだろうが、それを持ち続けていることには、もはや何の喜びも感じられないのだ。その喜びは色あせてしまい、われわれは、かつてあれほど望んでいたものとは別のものに、新たな喜びを見いだそうとする。この無意識の心変わりは時のなせる業であり、時は、われわれの恋も、われわれの人生も、いやおうなしに変えてしまう。時は若さと喜びの表情を毎日少しずつ消し去っていき、いつの間にか、それらの魅力の真髄を破壊してしまう。人はもっと謹厳実直にふるまうようになり、恋の情熱に実務を加える。もはや恋は、自分だけでは生き延びることはできず、ほかの助けを借りねばならない。この段階にいたった恋は、まさに人生の凋落《ちょうらく》を象徴している。自分の人生がどう終わるかが見えてくるが、自分から終わらせる力はない。恋の下り坂にあっても、人生の下り坂にあっても、これから味わわねばならないはずの幻滅や屈辱を前もって断ち切るだけの決心はつかない。まだ生きているのは苦しむためであって、もはや楽しむためではない。嫉妬、不信、相手をうんざりさせるのではないか、さらには捨てられるのではないかという恐れ、恋の終わりにはそうした苦しみがつきものだが、それはちょうど、長寿にはいろんな病気がつきものであるのに似ている。自分が生きていると感じるのは、病気であることを感じるかぎりにおいてであるのと同様、自分が恋していることを感じるのは、あらゆる種類の恋の苦しみを感じるかぎりにおいてである。長すぎた恋のしがらみのマンネリを脱するにも、相変わらず執着を断つことができない自分へのふがいなさや悲しみをかき立てるしかないありさまである。要するに、あらゆる衰退や凋落のうちでも、恋のそれがもっとも耐えがたいと言わねばならない。

## X　趣味について

趣味よりも知性を多く備えた人もいれば、知性よりも趣味を多く備えた人もいる。ただし、知性よりも、趣味のほうがバラエティーに富み、もっと気まぐれだとも言える。

趣味（goût）という言葉にはさまざまな意味があり、取り違えやすい。何かを好きにならせる趣味と、一定の規則に従って、物の価値を知ったり、見抜いたりする趣味とでは、明らかに異なる。芝居を正しく評価できる繊細微妙な趣味を持たないのに、芝居が好きだということもあれば、逆に、芝居を正しく評価できるよき趣味を持ちながら、芝居が好きではないということもある。われわれの目の前に現れたものに、いつの間にか、われわれを近づける趣味もあれば、その力強さや粘りによって、われわれを無理やり引っ張っていく趣味もある。

すべてにおいて間違った趣味を持つ者もいれば、いくつかの物事にかぎって間違った趣味を持つ者もいる。後者の場合、自分の能力の及ぶ範囲内であれば、正しく公平な趣味を発揮できる。風変わりな趣味を持つ者もいて、彼らは、悪いと知りながらも、相変わらずそれに従っている。趣味の不確かな者もいる。どんな趣味を持つかは偶然によって決まるのだ。彼ら自身、いともかんたんに変わってしまうのであって、友人の言うなりに、喜んだり、退屈したりする。思い込みの激しい者もいる。彼らは自分の趣味の奴隷であって、あらゆることにおいて自分の趣味しか眼中にない。よいものは敏感に感じ取り、よくないものには不快を感じる者もいる。彼らの物の見方はつねに明確で正しいが、それは、彼らが自分の趣味を知性や識別力とうまく関連づけているからである。

なかには、自分でも理由の分からない一種の本能によって、目の前に現れるものに即断を下し、しかもけっして判断を過たないという人もいる。彼らは知性以上に趣味を発揮しているわけだが、それは、彼らが持って生まれた自然の光を自己愛や気質が覆い隠していないからである。彼らにあっては、すべてが協調して働き、すべてが和合している。この調和によって、彼らは物事を健全に判断し、それについて正しい概念を形成する。しかし、一般的に言って、他人の趣味に左右されないしっかりした趣味を持つ者は少ない。たいていは、先例や慣習に従い、そこから自分の持つ趣味のほとんどを借り受けているにすぎない。

これまで趣味の種々さまざまな違いについて述べてきたが、そんななかで、それぞれのものを正しく評価し、その価値を知りつくし、しかもそれがすべてのものにあまねく及ぶような、そうしたよい趣味というべきものに出合うことはとてもめずらしい、というよりほとんどない。われわれの知識は非常に限られているし、物事を正しく判断させる諸能力がうまくかみ合って働くのは、たいていの場合、われわれに直接関係しない事柄の場合だけである。自分にかかわることになると、われわれの趣味は判断に必要な公正さを保てなくなる。先入見がその公正さを乱してしまい、われわれにかかわるあらゆることがまったく別様に見えてしまうのだ。誰も、自分にかかわることと、自分には関係ないことを、同じ目で見ることはできない。われわれの趣味が自己愛や気質に引きずられてしまうからである。その自己愛と気質によって、われわれは新しい物の見方をするようになるし、われわれ自身、数限りない変化や動揺にさらされるのである。われわれの趣味はもはや自分のものではなく、われわれの自由にはならず、われわれの同意なしに、どんどん変わっていく。そんなふうに、同じひとつのものがじつにさまざまな相を帯びて現れるので、かつて見たこと、感じたことであっても、もはや見分けがつかなくなってしまうのだ。

## XI　人間と動物の類似について

さまざまな種類の動物がいるように、さまざまな種類の人間がいる。そして人間同士の関係も、違った種類の動物同士の関係によく似ている。どれほど多くの人間が、無辜《むこ》の民の血と命を食らって生きていることか！　ある者は虎のごとくいつも獰猛かつ残酷で、ある者はライオンのごとくいくぶん鷹揚《おうよう》な態度を見せ、ある者は熊のごとく荒っぽく貪欲で、ある者は狼のごとく執念深く非情で、ある者は狐のごとくずるがしこさで生き抜き、騙すことを生業《なりわい》とする。

犬に類する人間もなんと多いことか！　彼らは自分の種族を滅ぼそうとしている。自分たちの飼い主の楽しみのために狩りをし、ある者はいつも主人に従い、ある者は家の番をする。つねに勇猛心を奮い立たせ、戦いを天職とし、内心では自分を貴族のように思っている猟犬もいる。獰猛さが唯一の取り柄の執念深い番犬もいる。やたらに吠《ほ》え、ときには噛《か》みつくが、たいして役に立たない犬もいるし、畑の番をしている[35](1)犬さえいる。こっけいな仕草で人を喜ばせ、利口なところも見せるが、いつもいたずらばかりしている猿たちもいれば、美しいのは姿ばかりで、奇妙な歌声で人を不快にし、自分の住処《すみか》をめちゃめちゃにする孔雀《くじゃく》もいる。

囀《さえず》りや羽の色の美しさしか取り柄のない鳥たちがいる。のべつまくなしにしゃべりながら、自分の言っていることをまったく理解できない鸚鵡《おうむ》が、どれほどいることか。飼いならされても、相変わらず盗みを続ける鵲《かささぎ》や烏、略奪をもっぱらとする猛禽《もうきん》、他の動物の餌食《えじき》にしかならない柔和でおとなしい動物たちも、どれほどいることだろうか。

いつも用心深く、性悪で、ペテン師でありながら、おしとやかに爪を隠している猫がいる。舌は猛毒だが、あとは薬用になる蝮《まむし》がいる。いつも厄介者でうんざりさせる蜘蛛《くも》、蠅《はえ》、南京虫《ナンキンむし》、蚤《のみ》がいる。見るも恐ろしく、体じゅうから毒を出す蟇蛙《ひきがえる》、光を嫌う木菟《みみずく》もいる。わが身を守るために地下で暮らしている動物も、なんと多いことか！　いろんな用途に使われながら、役に立たなくなるとあっさり捨てられる馬、自分に軛をかける者を富ませるために一生働き続ける牛も、どれほどいることか！　一生を歌って暮らす蟬《せみ》、すべてに怯《おび》える野《の》兎《うさぎ》、驚いたり安心したりを一瞬ごとに繰り返す穴兎《あなうさぎ》、汚物のなかを自堕落に生きる豚、仲間を裏切って、罠におびき寄せる囮《おとり》の鴨《かも》、腐肉と死骸だけを食らって生きる大烏《おおがらす》や禿鷹《はげたか》も、いかに多いことか！　世界の果てから果てまで頻繁に飛び回り、生き抜くためにあれほど多くの危険に身をさらす渡り鳥、つねに好天を追い求める燕《つばめ》、何も考えず、やたらに歩き回る黄金虫、自分から火に飛び込んで焼かれる蛾《が》、指揮官を敬い、規則を重んじ、巧みに生き延びる蜜蜂、放浪癖で怠け者、しかも蜜蜂の巣を横取りしようとする紋雀蜂《もんすずめばち》、先を見通し、節約することでどうにか暮らしを立てている蟻《あり》、嘘涙を流し、その涙にほろりとした獲物を吞《の》み込《こ》もうと待ち構える鰐《わに》も、どれほどいるだろうか！　自分の力を知らないために、他の動物に服従している動物も、なんと多いことか！

これらすべての性癖は、そっくり人間にも見られる。人間もまた、ここに取り上げた動物たちが互いにやっていることを、そっくりそのまま他の人間にしているのだ。

# XII　病気の起源

さまざまな病気の性質を調べてみれば、その起源が情念や精神的苦痛にあることが分かるだろう。黄金時代[36](1)には、情念も精神的苦痛もなかったから、病気もなかった。続く銀の時代も、まだ無垢《むく》を保っていた。青銅時代にようやく情念と精神的苦痛が生まれた。それらは育ち始めたが、まだ幼年期のひ弱さと軽さを持っていた。ところが鉄の時代になると、それらは猛威を振るい、猖獗《しょうけつ》をきわめ、やがては腐敗した結果、世界中にさまざまな病気をばらまき、以来、幾多の世紀を通じて、人間を苦しめてきた。野心は激しい錯乱性の熱病を生み出した。羨望は黄疸《おうだん》と不眠症をもたらした。怠惰からは嗜眠《しみん》症、身体麻痺、衰弱が生まれた。怒りは呼吸困難、蕁麻疹《じんましん》、肺炎を生み出した。恐怖は心悸亢進《しんきこうしん》、失神をもたらした。虚栄心は狂気を、貪欲は白癬《はくせん》や疥癬《かいせん》を、悲しみは壊血病を、残忍は結石を、それぞれもたらした。さらに中傷と讒言《ざんげん》は麻疹《ましん》、痘瘡《とうそう》、紫斑《しはん》病をはびこらせた。壊疽《えそ》、ペスト、狂犬病の原因は嫉妬である。思いがけない不運は卒中を、訴訟は偏頭痛や脳充血を、借金は消耗性の熱病を、それぞれもたらした。結婚生活のわずらわしさからは四日熱が、別れるふんぎりがつかない恋人たちの倦怠感《けんたいかん》からはふさぎの虫が生まれた。ところが恋は、それだけで、残りのすべてを合わせた以上の病気を作り出してしまったので、それをいちいち数え上げるのもはばかられる。恋は人生のもっとも大きな幸福をも生み出すのだから、恋の悪口を言うかわりに、黙っているべきである。恋はつねに畏れつつも敬わなければならない。

## XIII にせものについて

人は皆、にせものである。ただし、どこがどうにせものなのかは、各人各様である。いつも自分ではないものに見せかけようとしているにせもの人間がいる。当人はまじめなのだが、にせものに生まれついたせいで、自分自身を偽るだけでなく、物事をありのままに見ることもけっしてできないという人もいる。知性はまっとうだが、趣味がにせものだという人もいるし、知性がにせもので、趣味はある程度まっとうだという人もいる。趣味においても、知性においても、ぜんぜんにせものではないという人もいるが、きわめてまれである。というのも、一般的に言って、知性および趣味のどこにもまやかしがないという人間はほとんどいないからである。

こうしたまやかしがかくも普遍的なのは、われわれの性情が不確かで混乱しているうえに、われわれの物の見方も同様だからである。人は物事をあるがままに正しく見ることはけっしてなく、それらを過大評価するか過小評価してしまう。物事を、それにふさわしいやり方で、またわれわれの境遇やわれわれの性情にふさわしい形で、自分に関係づけようとはけっしてしない。こうした誤りのせいで、無数のまやかしが趣味や知性のうちに生じる。われわれの自己愛は、どんなものであれ、自分にとってよさそうに見えるものが目の前に現れると、すっかり喜んでしまうものだが、われわれの虚栄心や気質がえり好みするよいことにはいろんな種類があるから、たいてい、習慣的に、あるいは便宜的に、それを追い求めることになる。つまり、ほかの人がそうしているから、自分もそれを追い求めているだけのことで、あらゆる種類の人間が等しくまったく同じ判断をするわけではないし、その判断にどれだけこだわるかは、それが当人にとってどれほど切実かの問題である、といったことはすこしも考えないのだ。

人は、知性においても、自分がにせものに見られることを恐れるが、それ以上に、趣味においてそう思われることを恐れる。紳士たらんとする者は、偏見なしに、褒めるに値するものを褒め、求めるに値するものを求めるべきで、しかも何ごとも鼻にかけてはならない。だがそうするにも、バランス感覚と適切な判断が大いに必要である。一般によいものと自分にふさわしいものとをうまく識別し、そのうえで、自分の好むものにわれわれを向かわせる自然の傾向に正しく従わねばならない。ひとりの人間が、もっぱら自分自身の才能によって、しかも自分の義務をきちんと果たしながら、秀でた人物になろうとするなら、彼の趣味にも行いにも、まやかしはまったくないはずである。彼は、ありのままの自分をさらけ出すだろうし、みずからの知性の光によって物事を正しく判断し、分別をもってそれを大切にするだろう。彼の物の見方や判断力には、正しいバランス感覚があり、彼の趣味はほんものだろう。というのも、それは自分自身からのもので、他人からのものではないからである。彼は、習慣や偶然からではなく、みずから選んで、それに従うだろう。

人は、褒めるべきではないものを褒めることによっても、にせものになるが、たいていの場合、それ自体としてはよいが、自分にはふさわしくない資質を誇ることで、自分をえらく見せようとして、もっとにせものになってしまう。法官は、場合によっては大胆であってもよいが、勇ましいことを鼻にかけるなら、にせものである。自分の権限で暴動を鎮圧するときには、毅然として動じない態度を示さねばならず、それによってにせものになる恐れはないが、決闘などすれば、にせものになり、こっけいに見えるだろう。また女が学問を好むのはよいが、すべての学問が女にふさわしいわけではない。女が夢中になるにはまったくふさわしくない学問もあり、それゆえ、そんな学問に女が頭を突っ込むのは、つねにまやかしである。

理性と良識が物事の価値を定めたうえで、それらの物事に対面したわれわれの趣味が、それにうながされる形で、物事にその価値に応じた序列、またわれわれにとってもそれらに与えるのがふさわしい序列を与えるというふうにならなければならない。しかし、ほぼすべての人間がその価値づけと序列づけの判断を誤る。そしてこの判断の誤りには、かならずまやかしが混じっている。

どんなに偉大な王でも、たいてい、こうした誤りに陥る。彼らは、武勇において、知識において、色事において、さらには誰もがそれを自慢する権利のある無数の美点において、自分が最高でありたいと思っている。しかし、何ごとにおいても衆に抜きんでたいという趣味は、彼らの場合、度が過ぎると、まやかしになってしまうだろう。王たちの競争心は別の対象に向けられるべきである。彼らは、王たちとでなければ、競走の賞を争いたくないと言ったアレクサンドロス大王を見習い、自分たちが競うのは、王にふさわしい長所にかぎるべきであることを、ここで思い出したほうがよい。王がいかに勇猛であろうとも、いかに物知りで感じがよくとも、そうした美点を自分と同じくらい立派に備えた人は無数にいるだろう。しかも、そうした人びとを凌駕したいという彼の欲望は、いつもまやかしに見えてしまうだろうし、ましてや、それに成功することはほとんどあるまい。しかし、彼が自分の真の義務に専念し、高邁にふるまい、偉大な武将、偉大な政治家であり、正義を重んじ、情け深く、寛大で、臣民の負担を軽くし、国の栄光と平安を愛するなら、そうした高貴な競技場において、打ち負かすべき相手としては、たしかに王たちしかいないだろう。そうした正しい志には、真実にして偉大なものしかなく、その点において、他者に勝ろうとする欲望にはいささかもまやかしは混じってはいないだろう。こうした競争心は王にふさわしく、それこそ彼がめざすべき真の栄光である。

## XIV　自然と運命が作り出す模範について

運命は、じつに移り気で気まぐれだが、自然と協力するためには、そうした移り気や気まぐれをやめるらしく、ときに両者は力を合わせて、非凡で卓越した人物を作り出し、後世の模範たらしめるようだ。自然の役割はさまざまな優れた資質を生み出すことであり、運命のそれはそうした資質を活かし、両者の意図にかなう規模において、それを開花させることである。それゆえ自然と運命は、自分たちが表現しようとするものの完璧な図絵をわれわれに提供すべく、偉大な画家たちの法則に倣っているかのようだ。自然と運命は、主題とする人物を選んだうえで、自分たちが考えた構想に取りかかる。その人物の出生、教育、先天的および後天的資質を定め、そのうえで時代、状況、友人、敵を按配《あんばい》し、さらには美徳と悪徳、成功と失敗をはっきり描き出す。大きな状況に小さな状況を重ね合わせ、両者を巧みに配置して、人物の行動とその動機が、自然と運命が思い描いたとおりの形と色彩のもとに、いっそうくっきりと現れるようにする。

自然と運命は、なんと多くのめざましい資質をアレクサンドロスという一人物のうちに集めたことだろうか！　それは、彼を高邁な魂と偉大な勇気の模範として世に示すためであった。彼の高貴な生まれ、教育、青春、美貌、恵まれた体質、戦術にも学問にも長《た》けた才知の広さと容量、その美徳、欠点さえも、そして小規模な彼の部隊、敵の恐るべき強大さ、かくも美しい人生の短さ、彼の死と後継者たち、いずれを取ってみても、運命と自然が同じひとりの人物のなかにかくも多くのさまざまな特性を盛り込むために、どれほど努力し、どれほど巧知をつくしたかが分かろうというものだ。征服した領土の広大さよりも、その個人的資質の卓越によっていっそう偉大な若き征服者の模範を作るべく、あれほど多くの驚異的事件を配列し、それらをそれぞれに定められた日付に起こるようにした運命と自然の格別の配慮が目に浮かぶようではないか。

自然と運命がカエサルをどんなふうにわれわれに示しているかを考えると、彼の場合、アレクサンドロスの場合とは別の構想に従っていることがお分かりになるだろう。たしかに自然と運命は、この人物にも、かくも多くの勇猛心、仁慈、寛容、かくも多くの軍事的才能、洞察力、精神と行いの自在さ、雄弁、肉体美、平和にも戦争にも適応する天分をそっくり盛り込んだ。さらには、かくも多くの非凡な才能をそろえ、それを存分に発揮させるために、自然と運命は長い時間をかけて営々と準備したうえで、その才能を祖国に背く形で用いることをカエサルに強いた。それはひとえに、世界でもっとも偉大な人物でありながら、もっとも有名な簒奪者《さんだつしゃ》の模範を後世に残すためだったのである。自然は、世界最大の共和国、しかもその国がかつて輩出したもっとも偉大な人物たちによって力強く支えられていた時代の共和国に、その一市民としてカエサルを生み出した。運命は、それらの偉大な人物たちのなかでも、もっとも輝かしく、もっとも力強く、もっとも恐るべき人たちを選んで、彼の敵とした。運命は、しばらくのあいだ、もっとも重要な人物たちをカエサルと和解させ、彼の出世を手助けする役割を担わせた。そのうえで運命は、彼らの目をくらませ、ついで彼らを盲目にし、カエサルと戦うよう仕向け、その結果、カエサルが最高権力に就くことになった。運命は、カエサルにどれほど多くの障害を克服させたことか！　陸上でも、海上でも、どれほど多くの危険から彼を守ったことか！　彼はかすり傷ひとつ負わなかったのだ。運命は、どれほど辛抱強く、カエサルの目論見を支え続け、ポンペイウス[37(1)]のそれを打ち砕こうとしたことか！　どれだけの巧知を駆使して、自分たちの自由を誇り、それを大切にしていたローマ市民を、たったひとりの人間にその自由をゆだねる気にならせたことか！　運命は、カエサルが死ぬときの状況すらうまく利用して、その死を彼の人生にふさわしいものとした。あれほど多くの占い師の警告、あれほどの天変地異の予兆、妻や友人たちのあれほど多くの忠告も、彼を死から免れさせることはできず、運命は、彼が元老院で戴冠《たいかん》するはずであったまさにその日を選んで、暗殺されるように仕組んだのである。しかも、彼が命を救った人びとによって、おまけに彼によって生を受けたとされる男[38(2)]の手にかかって！

　こうした自然と運命の協働は、小カトー[39(3)]において、かつてなく顕著な形でなされたと言えよう。両者は一致して、ひとりの人間のなかに古代ローマのさまざまな美徳を集めたばかりか、彼をカエサルの美徳と真っ向から対立させ、同じように豊かな知性と大いなる勇気を備えたこのふたりが、ともに栄光を求めながらも、一方は簒奪者となり、他方は市民の完璧な模範となっていくさまをわれわれに示そうとしたかのようだ。しかし私の意図は、これまで書かれてきたことに基づいて、このふたりの偉大な人物を比較することではない。私が言いたいのはただ、彼らがいかに偉大で傑出していたとしても、自然と運命は、ふたりを対立させなかったならば、彼らのあらゆる美点を明るみに出して、あれほど輝かしいものにすることはできなかっただろう、ということである。同じ時代に、同じ共和国で生まれながら、それぞれに異なる品行と才能を持ち、祖国の利害においても、個人的な利害においても、対立し、一方は壮大な目論見と果てしない野心を抱き、他方は謹厳で、ローマの諸法を厳格に守り、自由を熱愛する。ふたりがともに輝くには、まさにそうした対比が必要であった。彼らを有名にした美徳は、ふたりをまったく異なる側面から照らし出していたし、あえて言うなら、運命と自然がふたりのあいだに設けた対立そのものによって、ふたりはいっそう有名になったのである。小カトーの生涯と死には、あらゆる状況がいかにうまく配置され、組み合わされ、活かされていることだろうか。共和国の定めそのものが、運命がこの偉大な人物について描き出そうとした絵巻に精彩を与えている。運命は、彼の人生が彼の祖国の自由とともに終わるよう、取り計らったのである。

　過去の世紀の例はこのくらいにして、つぎに今世紀の例を見ると、ここでもまた、自然と運命は、私がこれまで語ってきた結束を保ち続け、兵法に長けたふたりの人物を通じて、互いに異なるふたつの模範をわれわれに示すべく、[40(4)]協働していることがお分かりになるだろう。そのふたりの人物とはコンデ公とチュレンヌ殿のことで、彼らは武勲を競い合い、数知れないめざましい活躍によって、彼らがすでに獲得した名声をさらに高めている。彼らはいずれ劣らぬ武勇と戦歴を誇り、肉体も精神も疲れを知らず、あるときは力を合わせ、あるときは別々に、あるときは敵味方に分かれて、戦い抜いた。さまざまな難局を潜《くぐ》り抜《ぬ》け、幸も不幸も味わいながら、果敢な行動と勇気で成功を収めるばかりか、その悲運によってつねにいっそう偉大な姿を見せる。ふたりとも、国を救い、また国を亡《ほろ》ぼすのにも、一役買い、同じ才能をいろいろに違ったやり方で発揮する。チュレンヌ殿は、几帳面だが地味に計画を遂行し、武勇も抑制され、つねに必要なだけ発揮する。一方、コンデ公のほうは、重大事を見極めて実行するやり方において比類なく、圧倒的な天才ぶりを発揮して事態を掌中に収めることで、さらに名声を高めたように思われる。最後の戦役[41(5)]において、彼らの指揮する軍隊は貧弱なのに、敵軍は強大であったことも、あらんかぎりの勇猛心を発揮し、戦い続けるのに不足しているあらゆるものを自分たちの力量で補う機会を、ふたりに新たに与えることになった。チュレンヌ殿が、彼が送ったみごとな人生にじつにふさわしい死を、かくも特別の状況のなかで、しかもあれほど重要な瞬間に、迎えたこともまた、フランス国と神聖ローマ帝国の興亡を決することを躊躇《ちゅうちょ》した運命の逡巡《しゅんじゅん》と不決断の結果とは言えないだろうか。またコンデ公が、まさに偉業をなしとげるべきときに、健康上の理由から軍の指揮から身を引いたことも、運命が自然と手を結んで、この偉人が、過去の栄光に支えられつつ、おだやかな美徳を発揮しながら、静かに私生活を送っている姿を、今こうしてわれわれが見られるようにするためではなかったろうか。しかも彼は、勝利の最中においてよりも、むしろ隠居生活において、より輝いているのではなかろうか。

## XV　コケットな女と老人

一般に趣味というものを説明するのはむずかしいが、コケットな女の趣味を説明するのは、よりいっそうむずかしいだろう。ただし、ここでひとつ言えるのは、人を喜ばせたいという欲望は、たいていの場合、虚栄心をくすぐるあらゆるものに向けられるから、コケットな女たちは自分が征服するに値しないものはなにひとつないと思い込むものだ、ということである。だが、彼女たちのあらゆる趣味のなかでももっとも理解しがたいのは、私に言わせれば、昔色好みであった老人たちに対する趣味である。この趣味はまったく奇妙に思われるが、しかしその実例はあまりに多く、これほどありふれていると同時に、人がふつう女について抱いている考えにまったく反する、この感情の原因を探らずにはいられない。ただしそれが、みじめな状態に陥った老人たちを慰めようとする自然の憐れみ深い計らいなのかどうかを判定するのは哲学者たちにお任せしたい。その説によれば、自然は、命を終えようとしている芋虫に翼を与えて蝶《ちょう》にしてやるのと同じ気遣いで、老人たちにコケットな女を与えて救ってやるのだそうである。しかし、自然科学の奥義《おうぎ》を窮めずとも、老人を好むコケットな女たちの退廃趣味のもっと具体的な原因を探ることは可能だろうと私は思う。誰の目にも明らかなのは、彼女たちが奇跡を好むことであり、しかも、死者を蘇《よみがえ》らせることほど、彼女たちの虚栄心を喜ばせる奇跡はほかにない、ということである。彼女たちは、老人を自分の凱旋車に括《くく》り付《つ》け、それで自分の勝利を飾る楽しみを味わうが、それによって、自分の評判が傷つくわけではない。それどころか、老人はコケットな女の取り巻きの添えものになる。それはちょうど、その昔『アマディス』[42(1)]において、小人たちが果たしていた役割である。彼女たちにとって、これほどおとなしく重宝な奴隷はいない。誰も相手にしないような友を大切にすることで、みんなから心優しく信頼できる女だと思われる。老人は彼女たちのことを褒めそやし、夫たちの信頼をも得て、彼らに妻の身持ちのよさを請けあう。老人が誰からも信頼されるようになると、女たちはそれを最大限に利用する。彼は女の家庭のあらゆる利害や用件に口をはさむ。女がほんとうに色恋沙汰を起こしてそのうわさが伝わってきたときにも、彼はそれをけっして信じようとしない。むしろそのうわさを打ち消して、世間は口が悪いと断言する。彼自身、自分の経験からして、こんなに立派な女性の心をとらえるのはさすがにむずかしいと納得する。優しく情けをかけてもらえばもらうほど、彼は慎み深くなり、女の言いなりになる。わが身のためにも、口をつぐまざるを得ない。彼は女に捨てられることをいつも恐れているし、我慢してもらっているだけで、ただただ幸せなのだ。こんなに見かけが悪いのに、自分を選んでくれたのだから、愛されているのだとたやすく信じてしまう。これは自分の昔の甲斐性ゆえの特権なのだと思い、いつになっても自分を思い出してくれる愛の女神に感謝する。

彼女のほうでも、自分が彼に約束したことに背くつもりはなさそうだ。あなたはずっと前から私の好みだったし、もしあなたに出会わなければ、人を愛するということを一生知らずに終わったでしょう、などとわざわざ言う。とりわけ彼女は、やきもちをやかないでほしい、自分を信頼してほしい、と頼む。自分はちょっとばかり社交界や紳士方とのお付き合いが好きだし、いちどきにその何人かと仲良くしようと努めることもあるが、それは自分があなたを特別扱いしていることを人に覚られないためだ、あるいは、さっきたまたま話題にした人たちとあなたをからかうようなことを言ったとしても、それはただ、あなたの名前をたびたび口にするのがうれしいからであり、あるいは自分の気持ちをうまく隠すためである、などと打ち明ける。結局、あなたこそ私の行動の支配者であり、あなたがそれに満足し、ずっと自分を愛してくれるなら、ほかのことはまったく気にかかりません、などとも言う。こんなにもっともらしい理由を列挙されれば、どんな老人でもすっかり安心してしまうだろう！　若くて魅力的であったときでさえ、そんな言葉にしょっちゅう騙されていたのだから。だが、老人にとって不幸なことに、自分がもう若くもなく、魅力的でもないことをすぐに忘れてしまう。それはひとつの弱みだが、かつて愛されたことのある老人の場合はとりわけ、ごくありふれた弱みである。こんなふうに騙されても、真実を知るよりはまだましかどうか、私には分かりかねるが、少なくとも、彼らは相手にしてもらい、楽しませてもらっている。彼らは自分の悲惨さから目をそらされる。そんな彼らのありさまはこっけいだが、そのこっけいさも、つらく憔悴《しょうすい》しきった老年の悲嘆や茫然自失《ぼうぜんじしつ》に比べれば、たいてい、容易に辛抱できる不幸なのである。

## XVI　精神（才気）の諸相

聡明な人（grand esprit）には精神のあらゆる資質を見いだし得るとしても、彼に特有の資質もある。その知性の光はどこまでも届き、彼の精神はいつも同じように活発に働く。遠くにあるものでも、まるで目の前にあるかのように、見極める。どんなに大きなことでも理解し、想像できるし、どんなに小さいことでも見抜き、知ることができる。彼の考えは気高く広く的確で、しかも明晰《めいせき》である。その洞察力は何ものをも見逃さず、ほかの人びとに真実を覆い隠している闇をつらぬいて、真実を見通す。しかしこうした優れた資質がいくらあっても、気質が精神を支配するようになると、精神は小さく弱々しく見えてしまう。

才人（bel esprit）はいつも高尚に考える。彼は明るく快く自然なことをたやすく考え出し、それらをもっとも美しい形に整え、それにふさわしいあらゆる装飾をほどこす。彼は他人の趣味もよく理解し、自分の考えから、よけいなところ、人に不快を与えかねないところを切り捨てる。如才のない人（esprit adroit）は、自在に融通を利かせ、困難を巧みに避けたり、乗り越えたりするし、また自分の欲するものにたやすく順応する。話し相手の才気や気質を知って、それにうまく合わせ、彼らの利益に配慮しながら、自分の利益もしっかり主張し確保する。良識人（bon esprit）は、あらゆることを見るべきとおりに見、正当な評価を与えたうえで、それを自分にとってもっとも有利な方向に持っていくすべを心得ている。彼はまた、自分の考えの強さと根拠を知り抜いているから、それをけっして曲げようとはしない。

実利精神（esprit utile）と実務精神（esprit d'affaires）は似て非なるものである。自分の個人的利害には関心を持たずに、実務を立派にこなすことは可能である。自分にかかわりのないことには万事有能だが、自分にかかわることになるとまったく無能になってしまう人びともいる。反対に、自分にかかわることだけに能力を発揮する人びともいて、彼らはあらゆることに自分の利点をうまく見つけ出す。

精神においてまじめな様子を保ちながら、同時に愉快でふざけたことを言う人もいる。こうした精神のあり方は、すべての人、そしてあらゆる年齢にふさわしい。若者たちの精神は、たいてい陽気でからかい好きで、まじめさに欠けるため、しばしば不快な印象を与える。いつも人を喜ばせたいという気持ちほど、持ち続けるのがむずかしいものはない。そのうえ、人を楽しませて、ときに喝采を浴びたとしても、相手が不機嫌な場合は、うんざりさせて恥をかくことも多く、それですべては帳消しになってしまう。からかいは、精神のもっとも愉快であると同時にもっとも危険な資質のひとつである。からかいは、軽妙であれば、いつも喜ばれるが、あまり使いすぎる人間はいつも警戒される。ともあれ、悪意がまったく混じっていなければ、またその対象になっている人びとさえいっしょに楽しめるようなら、からかいは許される。

おどけたふりをするのでもなく、人を嘲笑したいというのでもなしに、からかいの精神を持つことは至難の業である。これらの両極端のいずれかに陥ることなく、長いあいだ、からかい続けるには、相当的確な判断力が必要である。からかいは想像力に訴える陽気な雰囲気であり、その対象をこっけいに見せる。さらに、話し手の気質によって、そこに優しさや辛辣《しんらつ》さが加わる。品がよく、気持ちのよいからかい方もある。話題になっている人の欠点に触れるとしても、それは当人が人に打ち明けてもよいと思っている欠点だけにとどめ、当人を咎めるような口ぶりながら、じつは褒めているのであり、彼の愛すべき点を隠そうとしているように見せかけながら、それをあらわにしているのである。

繊細な精神（esprit fin）と狡知《こうち》の精神（esprit de finesse）はまったく異なる。前者はつねに人を喜ばせる。それは精緻で、繊細微妙なことを考え、誰も気づかないものまで見抜く。狡知の精神はけっしてまっすぐ進まず、自分の目論見をなしとげるべく、寄り道をしたり、回り道したりする。しかし、こうした不審な行動はすぐに見破られてしまう。いつも人に不信感を与えるばかりか、結局はたいていつまらない結果に終わる。

燃える精神（esprit de feu）と輝く精神（esprit brilliant）はいくらか違う。燃える精神のほうがより遠くまで、しかも速く行く。輝く精神は活発で陽気で正確である。精神の穏やかさは、従順で協調的な趣で、陳腐に堕していないかぎり、いつも人を喜ばせる。

細心の精神（esprit de détail）は、秩序と規則に従って、示された対象のあらゆる特性に徹底的にこだわる。このこだわりのため、細心の精神は、たいてい、細かいことばかりに集中する。しかし、広い視野を持つこともないわけではなく、精神がこのふたつの資質を併せ持つとき、ほかをはるかに超える力を持つ。

才人（bel esprit）という言葉は濫用されており、これまで精神のさまざまな特質について述べてきたあらゆることが才人に当てはまるとしても、この肩書が無数のへぼ詩人や退屈な作家に与えられてきたため、今では、この言葉は、人を褒めるよりも、むしろ笑いものにするために使われている。

精神を形容する言葉はいくつもあって、いずれも同じひとつのことを表しているように見えるが、それを発するときの語気や抑揚によって違いが出る。しかし語気や抑揚は書き表すことができないので、ここでは細かい点に触れるつもりはないし、そもそも、それをうまく説明するのは不可能である。それは日常の言い方でもよく分かることで、たとえば、ある人について、才気がある、かなり才気がある、大いに才気がある、あるいは立派な才気だ、などという表現は、紙に書いてしまえば、いずれもまったく似たように見えてしまうが、語気や抑揚によって、はじめてその違いが出てくる。じっさい、これらの表現はそれぞれ非常に違った種類の才気を表現しているのである。

あるいはまた、ひとりの人間について、一種類の才気しかないとか、何種類かの才気があるとか、あらゆる種類の才気を備えているとか、言われる。才気にあふれていても、馬鹿だということもあり、才気に乏しくとも、馬鹿ではないこともある。

大いに才気があるという言い方もあいまいである。それは、これまで述べてきたすべての才気を含むこともあるが、どんな才気を持っているのかはっきりしないこともある。ときに、言葉のうえでは才気を示しながら、ふるまいではまったく才気が感じられない場合もあるし、才気はあっても、料簡の狭い才気でしかない場合もある。ある事柄にはうまく働くが、ほかの場合はまったく働かない才気もある。大いに才気があっても、何の役にも立たないということもあるし、才気にあふれているために、むしろ非常に付き合いづらいということもよくある。にもかかわらず、この種の才気の最大のメリットは、会話ではときに人を楽しませるということである。

才気が生み出すものは無限だが、以上見たようにして、それを区別することは可能だろうと思う。まず、誰もがそれを見、その美しさが感じられるような、とても美しいものがある。美しくはあっても、人を退屈させるものがある。たしかに美しく、誰もがその美しさを感じ、感嘆するが、その美しさの理由が誰にも分かるというわけではない場合もある。とても繊細で微妙であるために、その美しさのすべてに気づく人がほとんどいないといったものもある。あるいは、完全に美しいとは言えないが、巧みな言葉で表現され、道理と優雅さにあふれているために、称賛されるに値するものもある。

## XVII 心変わりについて

心変わり全般について、ましてやただの軽薄さによる心変わりについて、ここで弁明するつもりはないが、恋におけるそれ以外のすべての変化を心変わりのせいにしてしまうのは正しくない、とだけは言っておきたい。恋のはじめ、快く生き生きした花が咲くが、それは、みずみずしい果物の肌に吹く粉のように、いつの間にか消えてしまう。しかしそれは、誰のせいでもなく、時間の仕業である。最初は、姿かたちも愛らしく、心も通い合い、甘美と快楽を求め、自分が気に入られているから、さらに気に入られようと努め、相手をどれほど大切に思っているか分からないという態度を示す。しかしやがて、ずっと感じ続けるだろうと思っていた感情をもはや感じられなくなり、燃える思いも消え、新鮮さの魅力も失せ、恋に重要な役割を果たしていた美しさも、薄れてしまうか、あるいは以前と同じ印象を与えなくなる。恋は名ばかりになり、お互いに相手を以前と同じ人間とは思えず、以前と同じ感情を抱くこともできない。誓いを守り続けているのは、名誉心から、あるいは習慣から、あるいは自分の心変わりにまだ確信が持てないから、でしかない。

最初に会ったときすでに、お互いがそれから何年かが過ぎた今のような姿であったとしたら、いったい誰が愛し合っただろうか。一方でまた、ふたりが今なおはじめて会ったときのままであったなら、いったい誰が別れるだろうか。その場合、われわれの好みをほとんどいつも支配しているうぬぼれは、飽くことを知らないから、たえず何か新しい快楽を見つけて喜ぶだろう。そうすると、貞節などというものには意味がなくなり、これほど楽しい関係に何の役割も果たさなくなるだろう。現在の愛も最初の愛と同じ魅力があり、記憶も両者をまったく区別しないだろう。心変わりという概念すらなくなり、お互いをいつも同じ喜びをもって、永久に愛し合い続けるだろう。というのも、愛し合う同じ理由をずっと持ち続けるのだから。友情に起きる変化も、恋に起きるそれとほぼ同じ原因による。両者の法則は大いに関係がある。恋は陽気で快楽に満ちているのに対して、友情はいつも変わらず、また謹厳でなければならず、裏切りは絶対に許されないという違いはあるとしても、気質と利害関係をいつの間にか変えてしまう〈時〉が、両者をほぼ等しく破壊してしまう。友情の重みを長いあいだ持ちこたえるには、人間はあまりに弱く、あまりに変わりやすい。古代より、その例には事欠かない。しかしわれわれが生きている現代においては、真の友情を見つけるよりも、真の愛を見つけることのほうが、まだしも不可能ではないと言えるだろう。

## XVIII　引退について

老人たちが世間と没交渉になっていく自然的理由のすべてをここでお伝えしようとすると、あまりに長い話になってしまうだろう。気質や容貌の変化、諸器官の衰えが、ほかのほとんどすべての動物たちと同じように、同類たちとの付き合いから、知らず知らずのうちに、彼らを遠ざけてしまうのだ。そうなると、自己愛と深い関係にある自尊心が理性のかわりを務めることになる。彼らの自尊心はもはや、ほかの人びとを喜ばせる多くのものを喜ぶことができなくなっている。彼らは、自分の経験から、誰もが若いころに欲するものの値打ちをよく知っており、またそれをずっと楽しみ続けることもできないことを知っている。若者たちには開かれているように思われる、権勢、さまざまな快楽、名声、そうした人間を高めるあらゆるものに通じるさまざまな道が、運命によって、あるいは自分自身の行いによって、あるいは他人のやっかみや不正に邪魔されて、彼らには閉ざされているのだ。ひとたび正道から逸れてしまえば、そこに戻る道のりはあまりにも長く、またつらい。その困難は乗り越えがたく思われ、年齢からしても、それを乗り越えようとする気力さえない。彼らは友情にも無感覚になっているが、それは、ほんとうの友情を見つけることがおそらく一度もなかったというだけでなく、彼らの友人たちの多くが、友情に背くだけの時間も機会もまだないうちに、亡くなってしまったことにもよる。そこで彼らは、生き残っている友人たちよりも、死んでしまった友人たちのほうが、自分に忠実であったと容易に思い込んでしまうのだ。彼らは、かつて自分の想像力を膨らませていた数々の幸福とも無縁になっている。栄光ともほとんど縁が切れている。彼らがかつて手に入れた栄光も、時とともに色あせるばかりか、たいていの場合、歳《とし》をとるにつれて、栄光を獲得するよりも、失うほうが多くなる。一日ごとに、自分自身の一部が奪われていく。すでに所有しているものを楽しむ時間も十分残されていないし、ましてや、自分が欲するものを新たに手に入れる時間はほとんど残されていない。目の前に見えるのは、苦難、病気、衰退だけである。すべてを見てしまい、新鮮さの魅力を持ち得るものはもはや何ひとつない。時が経《た》つにつれて、知らず知らずのうちに、物事を正しく見るための視点、あるいは物事が正しく見える視点から、彼らは遠ざかってしまっていたのである。周囲から我慢してもらっている老人はまだ幸福なほうで、たいていはないがしろにされる。彼らに残された唯一の解決策は、かつて周囲の人びとにおそらくは見せすぎてしまったものを世間から隠すということである。無益な欲望に幻滅した彼らの趣味は、そこで、口もきかず、何も感じないものに向かう。たとえば、建築物、農業、家政、学問。これらはすべて、彼らの意のままになる。それらに近づくのも、それらから遠ざかるのも、彼らの気分次第である。彼らは自分の計画と仕事の主人であり、彼らが欲するすべてのものが自分の能力の範囲内にある。世間への依存から脱した彼らは、すべてを自分に従わせる。もっとも賢明な老人たちは、残された時間を自分の魂の救済のためにうまく使う。この世のしがらみを断つことによって、彼らはよりよい来世にふさわしい人間になる。ほかの老人たちの場合も、自分の悲惨さを他人に知られないですむことになる。体の不自由や病気が退屈をまぎらしてくれるし、その苦しみが少しでも和らげば、それだけでも幸福な気分になる。衰えているとはいえ、彼らよりも賢明な自然は、何かを欲するという苦痛を彼らから取り除いてくれる。ついには、彼らを忘れたがっている世間を、自分のほうから忘れる。彼らの虚栄心さえ、引退によって慰められる。多くの煩《わずら》い、不安、弱さをかかえながらも、ときには信心によって、ときには分別によって、そしてたいていは惰性によって、彼らは味気なく憔悴しきった生の重みに耐えるのである。

## XIX　今世紀の出来事

歴史は、世界に起こることをわれわれに教えてくれるが、重大な出来事も月並みな出来事もいっしょくたに伝える。そんなふうに、大小さまざまな出来事が入り乱れ、混沌《こんとん》としているため、かなり注意してはいても、それぞれの時代の流れに紛れ込んだ特異な事象を見過ごしてしまうことが多い。私の見るところ、われわれが生きているこの時代は、前の時代よりもっと珍妙な事象を生み出している。私がそれらのいくつかを書き記そうと思い立ったのも、そうすることで、将来、それらの事象に注目し、みずから考察しようという人も出てくるだろうと思うからだ。

アンリ大王[43](1)の后《きさき》であったフランス王妃マリ・ド・メディシス[44](2)は、フランス王ルイ十三世、フランス王子ガストン、スペイン王妃、サヴォワ公妃、イギリス王妃の母である。彼女はフランスの摂政となり、数年にわたって、わが子であるフランス王とフランス王国を支配した。またアルマン・ド・リシュリュー[45](3)に枢機卿の顕職を与えたうえ、宰相とし、国家と国王の精神を主導させた。彼女は人が恐れるような美徳も欠点もほとんど持たなかったが、それにもかかわらず、故アンリ四世の妻であり、多くの王の母でもあるこの后は、あれほどの栄華と権勢を誇ったのち、わが子フランス王によって、また栄達の幸運をひとえに彼女に負うているはずのリシュリュー枢機卿の逆恨みのせいで、捕縛され、監禁されてしまった。彼女の子である他の国王たちも、自国に母君を受け入れることをはばかり、こうして誰からも見放された彼女は、十年間の迫害の末、ケルンでほとんど餓死《がし》に近い悲惨な死をとげたのである。

アンジュ・ド・ジョワユーズ[46](4)は、公爵にして重臣、フランス元帥兼提督、若く裕福で、色好みのうえ女性にもてたが、かくも多くの特権を棄てて、カプチン修道会修士となった。その数年後、国家が彼を必要としたため、彼は俗世に戻った。教皇も彼の還俗《げんぞく》を特別に許したうえ、ユグノーと戦うべく、国王軍司令官の任に就くことを命じたのである。彼は四年間その地位にとどまり、その間、かつて青春時代に彼の血を沸かせた情熱にふたたび身をゆだねた。戦争が終わると、彼はもう一度世を棄てて、カプチン会修士の服を着た。彼は長いあいだ聖者のような修道生活を送った。しかし、権勢を誇っていたときには克服した虚栄心が、皮肉にも修道院に戻った彼を征服してしまった。彼はパリのカプチン会修道院長に選ばれたのだが、何人かの聖職者がその選出に異議を唱えたため、彼は、つらい旅のさまざまな不便を覚悟し、老体に鞭打《むちう》って、ローマまで徒歩で出かけていったうえ、帰国後、聖職者たちからふたたび同じ異議が出されたため、彼にとっては取るに足らないはずの利権を守るために、またもやローマに旅立ち、その道中で疲れと悲嘆と老いのために死んでしまった。

三人のポルトガル貴族が、十七人の同志を引き連れ、ポルトガルと属領のインド諸島の反乱を企てたが、住民の協力や外国勢の応援があるわけでもなく、また各地の軍事拠点に内通者がいるわけでもなかった。この少数の陰謀家たちはリスボン宮を占拠し、スペイン王の代理として当地の摂政であったマントヴァ公未亡人を追放し、王国全土で反乱を起こした。この混乱のなかで死んだのは、スペインの[47(5)]大臣バスコンセロスと、その配下の二名のみであった。これほど大きな変革が、ブラガンサ公の擁立をめざして、しかも公自身はまったく関知することなく、起こったのである。ブラガンサ公は、わが意に反して、ポルトガル王となることを宣言されたが、その選出に反対したのは、ポルトガルじゅう、彼ひとりだった。その後、彼は、王たる威厳も器量も備わらないまま、十四年間、王位を保った。彼はベッドのうえで死に、平和な王国を子孫に遺《のこ》した。

リシュリュー枢機卿は、彼に自国の統治を委ねた国王の治世を通じて、フランス王国の絶対的支配者であったが、とはいえ王はわが身を彼に託すようなことはしなかった。枢機卿のほうでも同じ警戒心を王に抱いており、自分の生命や自由を危険にさらすのを恐れて、王の部屋を訪れることを避けていた。それでも王は、寵臣サン＝マール[48(6)]を枢機卿の復讐心の餌食として処刑台で死なせることを容認した。やがて枢機卿は自分の寝台の上で死ぬ。彼は遺言状によって王国の官職や顕職を意のままにし、王の猜疑と憎しみがその極に達するなか、自分の生前と同様、死んでからも、王が自分の意志に盲従せざるを得ないように仕組んだのである。

フランス王の孫娘アンヌ＝マリ＝ルイーズ・ドルレアン[49](7)は、ヨーロッパでもっとも裕福な女性で、大国の王と結婚すべき身であり、おまけにけちで気が荒く傲慢な姫君だが、その彼女が、四十五歳（訳者注＝正しくは四十三歳）にして、ローザン家の次男のピュイギレム[50](8)という、かなりの醜男《ぶおとこ》で、才気も乏しく、図々《ずうずう》しく人に取り入るのがうまいことが唯一の取り柄である男と結婚しようと目論《もくろ》んだとは、ずいぶん驚くべき話だと誰もが思うだろう。しかも、この王女がそのような突拍子もない決断をしたのは服従心からであり、ピュイギレムが王のお気に入りであったからだと知れば、人はそれ以上に驚くことだろう。寵臣の妻になりたいという欲望が、情熱のかわりになり、彼女は自分の歳も生まれも忘れ、愛してもいないのに、ピュイギレムに言い寄ったのである。しかもそれは、もっと若く身分の低い女がほんとうの恋心からやったとしても、ほとんど許しがたいようなやり方であった。ある日、彼女はピュイギレムに、自分の結婚相手として選べる人はひとりしかいない、と言った。彼は誰がその相手か教えてくれと迫った。しかし、彼女は彼の名を口にする勇気が出ず、窓ガラスにダイヤモンドで書こうとした。ピュイギレムは、彼女が何をしようとしているのか、すぐに察したに違いない。そこで彼は、彼女がその告白を紙に書いてくれれば、それがいずれ役に立つだろうと思ったらしく、王女が喜びそうな愛の細やかな心遣いを装って、永遠に続くはずの感情をガラスに書くようなまねはおよしなさいと言った。彼の思惑どおり、王女はその晩、紙に「あなたです」と書き、みずから封印した。ところがこの一件があったのは木曜日で、ピュイギレムにその手紙を渡すいとまもなく真夜中が過ぎてしまった。彼女は彼よりも心遣いの足りない女だと思われたくなかったので、金曜日は日が悪いかもしれないからと言い、この重大な知らせを伝える手紙を開けるのは土曜日にするよう約束させた。この告白によって、ピュイギレムは法外な幸運を当てにすることができたが、その幸運も、彼の野心からすれば、わが身にそぐわないとは思われなかった。彼は王女の気まぐれを利用しようと思いつき、大胆にも王にこの話を伝えた。誰もが知っているように、かくも偉大で輝かしい資質を備えたこの王くらい尊大で誇り高い君主はかつて世界のどこにもいなかった。ところが王は、こんな大それた期待を明かしたピュイギレムを罰することなく、期待を持ち続けることを許したばかりか、王弟もコンデ公もこの話を知らないうちに、四人の王室役人が王のもとへこの驚くべき結婚の了承を求めにくることを容認したのである。このうわさは世に広まり、驚きと憤懣《ふんまん》で沸き返った。だが当時、王にはみずからの栄光と尊厳に反することをしてしまったという意識はなかった。王はただ、ピュイギレムを一日にして王国最高の重臣たちよりも高い地位に就けることも、自分の権勢によって許されると思っていたし、これほどの不釣り合いがあっても、ピュイギレムを自分のいとこ、フランス第一の重臣、五十万リーヴルの年金受領者となるにふさわしいと判断したのである。しかし、それにもまして王が悦に入っていたのは、この常軌を逸した計画において、自分の愛する男のために、誰ひとり思いもよらなかったことをして、世間をあっと驚かせてやるのだという、ひそかな喜びであった。ピュイギレムさえその気になれば、運命が彼にもたらしたかくも多くの奇跡を、三日間、うまく利用して、王女との結婚にこぎつけることもできたはずである。ところが、さらにいっそう大きな奇跡が起きてしまった。ピュイギレムの虚栄心は、結婚式が彼自身も王女と同じ身分であるものとして執り行う盛大な儀式とならなければ、満足できなかったのである。つまり彼は、王と王妃にこの婚礼の証人となっていただき、ふたりの臨席によってこの上なく華やかな式典になることを望んだのだ。常識はずれのこの思い上がりによって、彼の幸福を確かなものにしてくれたはずの時間のすべてを、つまらないことの準備や契約などのために費やしてしまった。モンテスパン夫人[51(9)]は、彼を憎んでいたものの、王の意向に従い、この結婚にあえて反対せずにいた。しかし世間の騒ぎが大きくなって、彼女も思いなおした。彼女は王を目覚めさせ、世論に耳を傾けさせた。王は各国大使が驚いているのを知り、また先代王弟妃《ひ》をはじめとする全王族から嘆願と忠言を受けた。これほど説得されても、王は長いことためらっていたが、ついに苦渋の決断をして、ピュイギレムに彼の結婚に公的には同意を与えることはできない、と伝えた。それでも王は彼に、この表向きの変更によっても、事実上は何ひとつ変わらないのだ、自分はやむなく世論に譲歩させられ、王女との結婚を禁じざるを得ないのだが、この禁止が彼の幸福の妨げになるのを望んでいるわけではない、と請けあった。王は彼にひそかに結婚することを勧め、そのような不行跡の罰として受けるべき失寵《しっちょう》もせいぜい一週間しか続かないであろう、と約束した。この言葉がピュイギレムにどんな感情を抱かせたかはともあれ、彼は王に、王が希望を与えてくださったすべてのことを喜んであきらめる、そうしなければ自分の名誉が傷つく恐れがあるし、また一週間王と離れているつらさを忘れさせてくれるような幸福などあり得ない、と言った。王はこの恭順な態度にいたく感動した。王はあれこれ手を尽くしてピュイギレムに王女の弱みをうまく利用させようとし、ピュイギレムのほうもまた、王のためならすべてを犠牲にするという態度を示そうと、あらゆる手を尽くしたのである。とはいえ、ピュイギレムがこんなふうにふるまったからといって、無私無欲であったというわけではない。彼は、そうすれば王の心を永久につなぎとめることができ、今後は何があろうとも自分に対する王の寵愛が薄くなることはあるまい、と信じたのである。気まぐれと虚栄心が彼をすっかりつけあがらせていたから、これほど重大でわが身に過ぎた結婚さえも、自分の望んだとおりの盛大さやきらびやかさで執り行うことが許されない以上、もはや耐えがたいものに思われたのだ。しかし、彼がこの結婚を破棄することを決意した最大の理由は、王女その人へのこらえがたい嫌悪感と、彼女の夫になることへの疎ましさだった。そのうえ彼は、王女は自分に夢中になっているから、なにかしら実質的な利益を引き出すことができるだろう、結婚せずとも、彼女はドンブの所領権とモンパンシエ公爵領くらいはくれるだろう、と当てこんでさえいたのである。国王が彼に与えようとした恩恵のすべてを即座に謝絶したのは、こうした魂胆からであった。しかし王女のけちで変わりやすい気質と、それほど大きな財産をピュイギレムに与えようとすれば、当然ながら待ち受けている数々の困難によって、彼の目算も水の泡となり、結局、彼は王の恩恵を受けざるを得なくなった。王は彼にベリ総督区と五十万リーヴルを与えた。しかし、これほど大きな特典さえも、ピュイギレムの抱いていた期待に応えるものではなかった。彼の不平不満ぶりは、さっそく、彼の敵たち、とりわけモンテスパン夫人に、彼を破滅させるための格好の口実を与えることになった。彼はわが身の凋落に気づいたが、王の前でおだやかに辛抱して如才なくふるまうどころか、強欲で傲慢な心をどうにも抑えることができず、ついに王を非難するにいたった。王に向かって辛辣な暴言を吐き、最後には王の目の前で、今後二度と王のためにこの剣は抜かないと叫びながら、自分の剣を折ってみせた。彼は王に向かってモンテスパン夫人をこきおろし、彼女に対しても怒り狂って暴言を吐いたので、夫人は身の危険を感じ、彼をどうにかするほかないと思った。彼はその後まもなく逮捕され、ピニュロルの監獄に収監された。そこでの長く苦しい獄中生活を通じて、彼は、王の寵愛を失った苦悩と、王の寛大さと王女の卑屈さが彼に提供してくれたあれほど大きな権勢と利得を、誤った虚栄心のためにみすみす取り逃がした痛恨を味わいつくしたのである。

　ポルトガル王アルフォンソ[52⑩]は、さきに述べたブラガンサ公の子息で、フランスにおいて、ヌムール公の、若くて財産も後ろ盾もない息女[53⑪]と結婚した。この王妃は、その後まもなく夫君のポルトガル王と別れようと目論み、リスボンで王を逮捕させた。前日まで自分たちの王として彼を警護していたその軍隊が、翌日には彼を囚人として監禁したのである。[54⑫]王は国内のある島に幽閉されたが、生命と国王の称号は奪われなかった。彼の弟のポルトガル公が王妃と結婚した。王妃は自分の地位を保つ一方、夫であるペドロ親王には王の称号を与えないまま、統治の全権を与えた。彼女はスペインとの和平を保ちつつ、国内には反乱もなく、かくも常軌を逸した企ての成果をのんびり楽しんでいる。

マサニエル[55(13)]という名の薬草売りが、ナポリの貧民を煽って蜂起させ、スペインの強圧をはねのけて、王権を簒奪した。彼は自分に忠実ではないと疑われるあらゆる人物の生命と自由と財産を、絶対権をもって意のままにした。彼は税関を管理下に置き、徴税人たちから金や家財をことごとく没収して、それらのおびただしい財産を町の広場で公衆を前に燃やさせたが、不当に得たはずのその財産に手をつけようとする者は、反乱に加わった群衆のなかにも、ひとりとしていなかった。ただし、この奇跡は二週間しか続かず、別のひとつの奇跡によって終わった。かくも偉大な事業を、これほどの幸運と栄光のうちにみごとになしとげたマサニエル当人が、とつぜん正気を失い、二十四時間のうちに狂死したのである。

スウェーデン女王[56(14)]は、国内においても、隣国との関係においても、平和を保ち、臣民から敬愛され、外国人からも尊敬を受け、年も若かった。その人が、信仰心に篤《あつ》いというわけでもないのに、みずから王国を捨て、一私人の生活に引きこもってしまった。ポーランド王も、スウェーデン女王と同じ家系の人だが、王であることに疲れたというだけのことで、やはり退位してしまった。

名もなく信用もない一介の歩兵隊長[57(15)]が、四十五歳にして、英国の内乱の最中に頭角を現した。彼は、善良で、公正で、温厚で、勇敢で、寛大な正統の王を退位させ、王の議会の決定に基づき、王を処刑した。彼は王国を共和国に変え、十年にわたり、英国の支配者として、かつてこの国を治めたどの王よりも隣国から恐れられ、またどの王よりも国を絶対的に支配した。彼は、王国の全権力をしっかり握ったまま、静かに世を去った。

　オランダ人は、長年スペインの支配下にあったが、ついにその軛を振り払った。彼らは強力な共和国を築き上げ、自由を守るために、正統な王たちとの戦いに、百年ものあいだ、耐え抜いた。彼らがそうした偉業をなしとげたのも、歴代のオラニエ公の指導力と武勇に負うところが大きいのだが、それでもなお、オランダ人はつねに彼らの野心を恐れ、その権力を制限してきた。このように、みずからの手で獲得した権力を大切に守ってきた共和国だが、それがいまや、経験に乏しく、戦争で失敗を重ねてきた当代のオラニエ公[58(16)]には、先代の公たちに拒んできたことをすんなり認めている。失墜した彼の運勢を立て直させたばかりか、オランダの主権者になるお膳立てまでしてやり、そのうえ、ただひとりで共和国の自由を支えていた男[59(17)]を、民衆を扇動して惨殺させることまで黙認したのである。

　スペインの国威は、かつて遠くまで及び、世界のすべての王を脅かしていたが、今日ではそれを支えるのはおもに自国民、しかもしばしば反逆する国民でしかなく、オランダ人たちの庇護によってかろうじて持ちこたえているありさまである。

　若く、ひ弱で、お人好《ひとよ》しで、無能な大臣たちの言いなりになっていたひとりの皇帝[60(18)]が、しかもオーストリア王家が衰退のどん底にあるときに、一瞬にして全ドイツ諸侯の頭《かしら》になってしまった。諸侯はその権威を恐れつつも、その人物を軽蔑している。いまや彼は、かのカール五世[61](19)も及ばないほどの絶対権を握っている。

イギリス王[62](20)は、ひ弱で、怠惰で、快楽に溺れ、自国の利益も歴代王の先例も忘れるような人物だが、フランス王との緊密な関係を維持すべく、民衆の怒りと議会の憎悪を浴びても、六年ものあいだ、まったく動じなかった。彼は、フランス王のネーデルラント制圧を阻止するどころか、軍隊を提供して協力を惜しまなかった。こうしたフランスへの肩入れのせいで、彼はイギリスの絶対的支配者になることができず、また、手に入る可能性もあったフランドルやオランダの要塞や港を自分からいらないと言ってしまったために、イギリスの国境をそこまで広げることもできなかった。ところが、フランス王から多額の資金を受ける段になって、しかも自国民を抑えるためにフランス王の援助をもっとも必要としているときに、彼は一言の弁明もなく、これほど深い関係を断ち、彼にとってはフランスと結ぶことこそが有益であり道義にかなっているまさにそのときに、フランスと手を切ることを宣言したのである。そんなふうに、いかにもまずい政治的決断を性急に下すことによって、彼は六年間の失政の唯一の償いともなり得た利益を一瞬にして失うとともに、平和をもたらす仲介者になることもできたはずなのに、フランス王が勝者としてスペイン、ドイツ、オランダと和議を結ぶ際には、彼もまた、哀願して和平を乞う身となったのである。

イギリス王は、かねて姪《めい》のヨーク王女[63](21)をオラニエ公に嫁がせるように進言されていたが、この話には乗り気ではなかった。ヨーク公も兄王と同じくらい消極的であったし、当のオラニエ公さえ、この計画のむずかしさにうんざりしてしまい、それを成功させようという意欲を失いかけていた。フランス王と密接に結ばれていたイギリス王は、当初、フランスのオランダ征服に同意していたのだが、財務長官が、私利私欲と議会から攻撃を受けるかもしれないという心配から、わが身の安全のために、主君である王の気持ちを動かし、ヨーク王女を嫁がせることでオラニエ公と同盟を結び、反フランス、オランダ擁護を宣言するようにさせたのである。イギリス王のこの心変わりはあまりに唐突で内密だったので、ヨーク公すら娘の結婚の二日前まで知らなかったほどであり、とりわけ、フランスとの友好を保つために十年間も自分の生命と王位を危険にさらしてきたイギリス王が、フランスから期待し得たいっさいのものを即座に断念して、自分の大臣の意見に従うなどとは、誰ひとりとして信じられなかったのである。オラニエ公のほうでも、いつかイギリス王になる道筋をつけることには大いに関心があったものの、その国の王位継承者たる資格を与えてくれるはずのこの結婚のことはむしろないがしろにしていた。彼は、つい最近の戦争が不首尾に終わった埋め合わせに、オランダ国内におけるみずからの権威を強化することに専念し、ゼーラント州では絶対的だと信じている自分の支配力を、ほかの州にも及ぼそうと腐心していたのである。ところが彼は、別の方策を取るべきであることに、やがて気づいた。あるこっけいな出来事に立ち会うことで、自国における彼の立場が、それまでみずから認識していた以上に、はっきり見えてきたのである。ひとりの競売人が家具のせり売りをしており、大勢の人が集まっていた。彼は一冊の地図帳をせりにかけたが、誰もせり上げないのを見て、聴衆に向かい、この本は皆さんが思っているよりもめずらしい本なのだ、ここに載っている地図はじつに正確で、オラニエ公がそれをまったく知らなかったためにカッセルの戦いで敗北を喫したあの川まで、忠実に記されている、と言った。この辛辣な冗談に皆が拍手喝采したが、この苦い体験こそ、オランダをしっかり掌握し、列強と連合して、わがフランスと戦うためには、イギリスとの同盟を新たに結び直す必要があるとオラニエ公が考えるようになった大きな動機のひとつである。とはいえ、この結婚を願った人びとも、それに反対した人びとも、それが自分の利害にどうかかわってくるかがよく分からなかったようである。イギリスの財務長官は、主君イギリス王をうながして姪をオラニエ公に嫁がせ、フランスに対して宣戦させることによって、議会をなだめ、議会から攻撃されないですむようにと目論んだ。イギリス王は、オラニエ公の支持によって王国内での自分の権威を強化できると信じ、フランス王に戦争を仕掛けたうえで、彼に和を乞わせるよう仕向けるという口実で、国民から金をまきあげ、自分の遊興費に充てる目算だった。オラニエ公の目論見は、イギリスの援護のもとで、オランダを統治することだった。一方フランスは、この結婚はまったくフランスの利益に反するものであり、なによりも、イギリスが敵陣営に加わることで、勢力の均衡が破れるのを恐れた。だが事の成り行きは、わずか六週間のうちに、こうしたさまざまな胸算用がどれも当て外れであったことを明らかにした。この結婚は、イギリスとオランダのあいだに抜きがたい不信を生み出し、そのうえ両国とも、これを自国民の自由を抑圧する企てと見なしている。イギリス議会は国王の大臣たちを攻撃し、ついでその矛先は王自身に向けられる。戦争にうんざりし、あくまでも自由を守ろうとするオランダ諸州は、野心家でしかもイギリス王国継承者にまでなったこの若者の手に国権を委ねたことを後悔している。当初、この結婚を新たな反仏同盟の結成と見ていたフランス王は、これを利用して、敵を分断することに成功した。もし彼が新たな征服の栄光よりも和平を実現する栄光を選ばなかったとしたら、フランドル地方をわが手に収めることもできたはずである。

今世紀には、過去の諸世紀に劣らず多くの驚くべき出来事が起きたわけだが、不幸にも、この世紀が犯罪の残忍性において他の世紀を凌駕していることを、誰しも認めざるを得ないだろう。そうした犯罪をつねに憎んできたし、国民性や宗教からしてもそうした犯罪とは相容れないはずのフランスですら、この国を統治する君主の模範に支えられているにもかかわらず、いまや歴史や神話に伝えられる古代のありとあらゆる罪悪が登場する舞台と化している。悪徳はいつの世にもあり、人間には生まれながらにして欲と残忍さと放縦が付きまとう。とはいえ、誰もがよく知っているあの人たちが、もし古代に出現していたならば、ヘリオガバルス[64](22)の乱行、ギリシア人の不実[65](23)、メディア[66](24)の毒殺と近親殺しなどは、今日なお語り継がれていたかどうか、かなり怪しいものである。

## 今世紀の出来事　補遺

### 1　モンテスパン夫人の肖像

ディアーヌ・ド・ロシュシュアール[67](1)はモルトマール公爵の娘でモンテスパン侯爵の夫人で

ある。彼女の美貌は目を見張るほどだが、彼女の才気と会話は、その美貌をさらに上回る魅力を持っている。彼女は王の心を奪い、彼が恋しているラ・ヴァリエール[68(2)]から引き離そうと企てたが、王は、長いあいだ、この征服の試みを無視したばかりか、それをからかいさえした。二、三年が過ぎたが、彼女は王妃付の女官となり、王とラ・ヴァリエールに親しく接することを許されただけで、それ以上は一歩も先に進めなかった。それでも彼女はいっこうにめげず、自分の美貌と才気を活かし、また王妃付女官長モントジエ夫人[69(3)]の執り成しを当てにして、成果を疑うことなく自分の企てに邁進《まいしん》した。彼女の狙いは過たなかった。彼女の魅力と時の作用によって、王の心はラ・ヴァリエールから離れ、彼女は王の新しい公認の寵姫《ちょうき》となったのである。モンテスパン侯は、激しい嫉妬心に苛まれ、わが身の不幸を痛感した。彼は妻に激怒し、モントジエ夫人に対して、妻をこのような汚辱の淵《ふち》に引き込んだことを公然と非難した。彼の苦悩と絶望は爆発し、身の自由を保つためには国外に去るほかなかった。一方、モンテスパン夫人は、これで思いのままにふるまえるようになり、その威光にはもはや限りがなかった。彼女は王のすべての宮殿に専用の住まいを持ち、顧問会議は彼女の部屋で開かれた。それほど王に寵愛される彼女に、ほかのすべての宮廷人と同様、王妃までが遠慮するようになり、これほどおおっぴらになった恋愛を知らないふりをすることもできず、その愛の結果のすべてを見せつけられても、何ひとつ不平を漏らさず、逆に王から親愛や優しさのしるしを受けられるのもモンテスパン夫人のおかげだと思わされるのだった。そのうえモンテスパン夫人は、ラ・ヴァリエールに自分の勝利を見せつけようとして、公私のあらゆる遊興に彼女も参加し、自分に侍《はべ》ることを要求した。彼女は妊娠したことを自分の召し使いにさえ隠している時期に、ラ・ヴァリエールにだけは子供の誕生についての秘密をわざと漏らすのであった。ラ・ヴァリエールの従順さと忍耐にもかかわらず、モンテスパン夫人はしまいに彼女の存在に飽きてしまった。この素朴でお人好しの娘は、ついにカルメル会修道女の衣をまとうにいたったのだが、それは信心深さよりも気の弱さからであり、彼女が俗世を捨てたのも世間体のためでしかなかった、と言えるだろう。

## 2　レ枢機卿の肖像

ポール・ド・ゴンディ、レ枢機卿[70](1)は、たしかに気宇《きう》壮大《そうだい》で、広い視野の持ち主だったが、真に偉大な勇気を持っているというよりも、見栄《みえ》っ張《ぱ》りであった。記憶力は人並み外れ、その言葉遣いは洗練されているというよりも押しが強かった。気安い性格で、友人の苦情や非難を受け入れる素直さと弱さを持ち、聖職者としての風格は若干備えているが、信仰心には乏しい。彼は野心家にも見えるが、じつはそうではない。虚栄心と、彼を操った人びとが、聖職者にはおよそ似つかわしくない数々の大事業を企てさせたのである。その結果、彼は国家に大混乱を巻き起こしたが、それをうまく利用しようという意図はなかった。マザラン[71](2)に公然と敵対し、彼に取って代わろうなどという野心はまったくなく、マザランに自分を恐るべき者と思わせ、彼と対立することを誇って、つまらぬ虚栄心を満足させることしか眼中になかったのである。それでも彼は、世の不幸を巧みに利用して枢機卿の地位に上り詰めた。

彼は毅然として牢獄《ろうごく》生活に耐えたうえ、自分の大胆不敵さだけで、ふたたび自由の身となった。[72(3)] 何年ものあいだ、人目をしのぶ放浪生活を送るなかで、彼を支えたのは、誇りの念とともに、生まれつきの怠惰な性格であった。彼はマザラン枢機卿の強い圧力に抗してパリ大司教の座を守り抜いた。ところがこの宰相の死後、彼はこの職を前後の見境なく不意に辞してしまい、その状況を、友人の利益のために、さらには自分自身の利益のためにさえ、活かそうとはしなかった。彼は教皇選出枢機卿会議に何度も加わり、その言動によってつねに名声を高めていった。彼の本来の性向は無為怠惰である。仕事に急き立てられれば精力的に働きもするが、それが終わるとのんびり休む。彼は機転が利き、運命がもたらす機会をじつにうまく自分の有利に活かすので、それらの機会を予見し望んでいたと思われるほどである。根っからの話し好きで、聴いてくれる人を、誰彼かまわず、驚くべき冒険談で幻惑しようとするが、その話はたいてい記憶力以上に想像力によるものである。彼が持っているとされる長所の大部分はにせもので、彼の名声を高めるのにもっとも貢献したのは、自分の欠点を美点に見せかける術を心得ていたことであった。彼は、憎しみや友情に強くこだわっているように見せるためにいろいろ苦心してはいるが、もともと憎しみも友情も感じられない人物なのである。羨望も貪欲も、美徳のせいか、あるいは怠慢のせいか、まったく持っていない。彼は友人たちから、一個人が返済できるとは思えないほど多額の借金をしている。自分を信用してくれる人を多く見つけたことに、またかくも多額の返済をやってのけることに、虚栄心の満足を感じたのである。彼は趣味も洗練もまったく持ち合わせない。何でもやってみるが、何ひとつ気に入らない。すべてのことに浅薄な知識しか持っていないが、巧みにふるまって、それを人に見抜かれないようにする。最近彼がやってのけた引退は、その生涯でもっとも華々しいとはいえ、もっとも欺瞞に満ちた行動であり、信仰心を口実にしてはいるが、みずからの自尊心に捧げる犠牲なのである。彼は宮廷を去るが、宮廷にはもともと居場所がなかったのだし、社交界を遠ざかるといっても、じっさいには、社交界のほうが彼に愛想をつかしていたのだ。

## 3　リシュリュー枢機卿の出世時代についての覚え書き

のちにリシュリュー枢機卿となるリュソン殿[73](1)は、もっぱらアンクル元帥[74](2)に仕えていたころ、元帥に開戦を勧めた。ところが彼は、元帥にこの考えを吹き込んでおきながら、顧問会議にそれが提案されると、反対に回った。これは、平和のほうが自分の思惑に有利だと思っていたヌヴェール殿[75](3)が、顧問会議で平和を議決させてくれれば、ラ・シャリテ修道院長職を与えると、ジョゼフ神父[76](4)を通じてリュソン殿にあらかじめ伝えておいたからである。リュソン殿のこの寝返りにアンクル元帥はひどく驚き、リュソン殿に対して、こんなに早くひとつの意見から正反対の意見に移るとは呆れかえる、とかなり激しい口調で言わずにはいられなかった。それに対してリュソン殿は、まさにつぎのような言葉で応じた――「新たな状況は新しい決断を要求します」。しかし彼は、これで元帥の不興を買ったと判断したので、元帥を亡き者にする方法を見つけようと決心した。そしてある日、デアジャン[77](5)が何かの法令の写しに署名を求めて彼のところに来たときに、彼は、リュイーヌ殿[78(6)]に伝えるべき重大な用件があるので、直接会って話したいと言った。翌日ふたりは会い、リュソン殿はリュイーヌ殿に、アンクル元帥はあなたを亡き者にする決意を固めている、あれほど強力な敵にやられないための唯一の手段はこちらから先手を打つことだ、と言った。この言葉に、すでにそのことを決意していたリュイーヌ殿は内心大いに驚いた。彼は、アンクル元帥の手下であるこの人物の与える忠告が、自分の不意をついて本心を明かさせるための罠かもしれないと思ったのだ。ところが、リュソン殿は国王への熱烈な忠誠心を語ると同時に、アンクル元帥を破滅させようとする強い執念を示しながら、元帥は国家最大の敵だとまで言うので、リュイーヌ殿は彼の誠意を信じ込み、すんでのところで自分の目論見を打ち明け、元帥殺害のために立てた計画を教えるところだった。しかし、そのときは話すのを何とか思いとどまった。その後、デアジャンにリュソン殿と話したことを伝え、自分の秘密を彼に明かしたいと思うと言うと、デアジャンは真っ向から反対し、そんなことをすれば、リュイーヌ殿を犠牲にしてアンクル元帥と和解する絶好の手がかりをリュソン殿に与えることになる、そしてリュソン殿はこれほどの重大事を暴露することで、今まで以上に元帥と密接に結ばれるだろう、と説いた。かくして、計画はさっそく実行に移され、リュソン殿も知らないうちに、アンクル元帥は殺されたのである。結局、リュソン殿がリュイーヌ殿に与えた忠告と、リュイーヌ殿に示したアンクル元帥に対する敵意が証拠となり、リュソン殿には累《るい》が及ぶこともなく、王は彼に、引き続き顧問会議に出席し、これまでどおり国務顧問官の職責を果たすことを命じた。

こうして彼は、自分をひいきにしてくれた元帥の失墜の悪影響も免れ、なおしばらく宮廷にとどまった。しかし彼は、長老の大臣たちに対しては、リュイーヌ殿に対するほど慎重な態度を取らなかったので、ヴィルロワ殿やジャナン高等法院長[79](7)は、彼がどんな姑息なやり方で国務に関与するようになったかを見てとり、リュイーヌ殿に、あの人物からは彼がアンクル元帥に示した以上の忠誠を期待してはならない、立身出世のためにはどんなことでもする危険人物として彼を遠ざける必要がある、と教えた。そこでリュイーヌ殿も決断し、彼にアヴィニョンに隠遁《いんとん》するよう命じたのである。同じころ、母后はブロワへ行った[80](8)。リュソン殿はあらゆる希望を奪われている状態に耐えきれず、リュイーヌ殿との関係の修復を図り、もし母后のそばに戻るのを許してくだされば、自分が彼女に対して持っている影響力を用いて、リュイーヌ殿にとって不愉快な人物たちを残らず追放させ、リュイーヌ殿のご指示どおりに、どんなことでも母后にやらせるようにする、と申し出た。この提案は受け入れられ、復帰したリュソン殿は、ポン＝ド＝セ事件[81](9)を画策し、その功績で枢機卿となり、のちに登り詰めることになる権力の座の足固めをしたのである。

## 4　アルクール伯爵[82](1)

運命が特別に計らって人の価値を高めたり低めたりする場合があることは、いつの時代にも知られていたし、君主が貨幣の価値を決めるのと同じように、運命が人の資質に値段をつける権利を勝手に行使し、そのように値段をつけることによって、思いのままの相場でその人物を世に通用させてみせる例は無数にある。運命はコンデ公とチュレンヌ殿を人びとに賛美させるために、彼らの類いまれな才能を使ったが、これは運命が彼らの武勇に敬意を示したものと思われ、いつもは不公平な運命も、彼らには公平たらざるを得なかったと想像される。しかし、平凡な人間を選んで、もっとも偉大な人びとに等しくさせる場合には、運命は自分の力を最大限に発揮しようとしているのだ、と言ってもよかろう。アルクール伯爵を知っている人びとならば、私の言うことに同意してくれるだろうし、あの伯爵こそ運命が創り出した傑作であり、運命は後世の人びとに、彼を武勲において最高の名将に肩を並べる人物と思わせようとしたのだ、と考えることだろう。だが後世の人びとは、彼自身がこのうえなく困難で輝かしい事業をみごとにやってのけたと考えるほかあるまい。じっさい、サント＝マルグリット諸島[83(2)]やカサル攻略の成功、ルートの戦闘、トリノ攻囲戦、カタロニアにおける数々の戦勝[84(3)]、これほど長く続いた一連の勝利は、後世の人びとを驚嘆させるに違いない。アルクール伯の栄光は、彼とコンデ公やチュレンヌ殿とのあいだに自然が設けた大きな隔たりにもかかわらず、彼らの栄光に匹敵するものと見なされるだろう。歴史上、両者は同列に置かれ、今なら誰もが彼の運がよかったにすぎないと知っていることを、後世の人びとは彼自身の手柄としないわけにはいくまい。

# ラ・ロシュフコー自画像

私は、背は高からず低からず、均整のとれたしなやかな体をしている。色は浅黒いが、肌は一様にきめ細かく、額は高く、ほどよい広さで、目は黒く、小さく、くぼんでいて、眉は黒く濃いが、形はよい。鼻はどんなふうかと言われると、言葉に窮する。少なくとも、私が思っているかぎりでは、つぶれているわけでもないが、鷲鼻《わしばな》でもなく、太くもなく、尖《とが》ってもいない。私が知っているのは、どちらかと言えば大きいということと、先がやや垂れ下がっているということくらいである。口は大きいほう、唇はふだんは血色もよく、形はよくも悪くもない。歯は白く、歯並びもまずまずよい。昔は、少し顎が出ていると言われていた。そこで、ほんとうはどうなのかと、ちょっと触ってみたり、鏡をのぞいてみたりしたが、やはりどう判断すべきかよく分からない。顔立ちは、四角っぽいか、あるいは卵形である。どちらかと問われても、答えるのはむずかしい。髪は黒く、自然に縮れているが、かなり豊かで長いので、美髪と言ってもよいだろう。顔つきには、陰鬱《いんうつ》で高慢そうなところがあるので、ほとんどの人が私を横柄だと思っている。じっさいには、まったくそうではないのだが。体の動きはかなり活発で、活発すぎる場合もあり、話しながら、さかんに手振り身振りを交える。以上、私の外見はどんなふうか、思うところを飾らずに述べてきたが、人が見ても、この肖像がじっさいの私とさほど違っていないだろうと思う。私の肖像の残りの部分についても、同じように忠実に描くつもりである。というのも、私は自分のことをよく研究し、よく知っており、自分がどんな長所を持っているかを率直に言える自信も、自分の欠点について素直に打ち明ける誠実さも、兼ね備えているつもりだからだ。最初に、気質について言えば、私は憂鬱質である。その程度は、この三年ないし四年のあいだで、私が笑うのを人が見たのはせいぜい三回か四回だったということからも推し量れるだろう。とはいえ、私の体質から来るものだけであれば、その憂鬱質は十分我慢できる穏やかなものにとどまっているはずである。ところが、憂鬱の原因が外部から大挙して押し寄せて、想像力をいっぱいにし、精神もそれですっかりふさがれてしまうので、ほとんどいつも、一言も言わずに夢想にふけるか、あるいは自分の言っていることにもまったく身が入らない状態である。私は、自分の知らない人に対してはかなり人見知りするし、自分の知っている人の場合でさえ、心をすっかり開くことはあまりない。それが欠点であることは私もよく知っているし、それを直すためなら何でもするつもりだ。しかし、私の顔立ちには何かしら陰気なところがあって、じっさい以上に内気だと思われてしまうし、生まれつきの容貌に備わっている意地悪そうな感じは自分の力ではどうにも取り除くことはできないので、内面において自分の欠点を直しても、外から見れば、悪い印象はそのまま残るだろうと思う。私には才気がある。私はそう言ってはばからない。そんなことで、もったいぶってみせたところで始まらないではないか。自分の利点について述べるのに、あまりに回りくどいことを言ったり、言葉をいたずらに和らげたりするのは、謙遜するふりをしながら、その背後に多かれ少なかれ虚栄心を潜ませているのであり、自分が言っている以上に自分をよく思わせようと巧みに仕組んでいるのである。私としては、私がそう思わせようとしている以上に自分を美しいとか、私が描いている以上に自分が上機嫌だとか、私がこれから言うであろう以上に才気煥発《かんぱつ》であり分別を備えているとか、思ってくれないほうが、むしろうれしい。そんなわけで、もう一度言うが、私には才気がある。ただし、それは憂鬱症によって損なわれた才気である。というのも、私はかなり弁が立つし、記憶力もよく、物事を筋道立てて考えるほうだが、ふさぎの虫にすっかりとりつかれているので、自分の言いたいことをうまく言うことができないのである。紳士たちとの会話は、私をもっとも深く感動させる楽しみのひとつである。会話が真剣で、しかも道徳的考察がその主要な内容であってほしいと私は思っている。しかし、会話が陽気なものであっても、私はそれを楽しむことができるし、そんなときに、ちょっとした笑い話を自分から連発することはないとしても、少なくともそれは、うまく言われた軽口《かるくち》を解さないからでもなく、当意即妙の才気が発揮された巧みな冗談をとてもおもしろいと思わないからでもない。私は散文もうまいし、韻文も得意である。そちらの方面での栄光にこだわり、もう少し努力したなら、それなりの名声を獲得しただろうと思う。私は概して読書を好む。知性を鍛え、魂を強くする要素が含まれる読書は、私がもっとも愛するところである。とりわけ、才気あふれる人といっしょに読書することに、このうえない喜びを見いだす。そうすれば、読んだ内容について、じっくり考える習慣がつき、そうした考察から、世にも快く有益な会話が生まれる。私は、人が見せてくれる韻文や散文の作品もかなり正しく評価できるが、自分の意見を少しばかり率直に言いすぎるようだ。もうひとつ私の悪いところは、ときに細かいことにこだわりすぎたり、厳しすぎる批判をやってしまったりすることである。私は人が議論するのを聞くのが嫌いではないし、自分でも議論にかなり積極的に加わったりもする。しかし私は、たいていの場合、自分の意見を強硬かつ熱心に主張するし、私に対する不当な批判を弁護されたりすると、ときに自分の道理を通すのに夢中になるあまり、私自身がまったく理性を失ってしまうこともある。私は高潔な感情と善良な気性を持っているし、ほんとうの紳士でありたいと強く願っているから、友人たちが私の欠点を率直に注意してくれるなら、私にとってこれ以上の喜びはない。私を多少なりとも身近に知っており、ときにそうした注意をしてくれた人たちは、私が、想像できるかぎりの大きな喜びと、これ以上は望めないほどの従順さで、それを受け入れてきたことを知っているだろう。私が持つどんな情念も穏やかで規律正しい。誰も私が怒ったところを見たことはほとんどないはずだし、私は誰に対しても恨みを抱いたことはけっしてない。しかし、誰かに侮辱され、その侮辱にじっと耐えるだけでは自分の名誉にかかわるようなときには、復讐できないような人間ではない。それどころか、私の場合、義務が恨みのかわりを果たすことになるから、誰にも負けない厳しさで復讐をなしとげようとするだろうと確信している。私は野心に苦しめられるようなことはまったくない。私は何かを恐れるということはめったになく、死はまったく恐れない。また憐れみはほとんど感じないし、できればまったく感じないでいたい。しかし、苦しんでいる人を助けるためなら、私はどんなことでもするし、じっさい、そんな場合、できることは何でもすべきであり、その苦しみに対して大いに同情を示すべきだとさえ思っている。というのも、不幸な人たちはじつに愚かなので、同情を示されることがこのうえない励みになるからである。しかしまた、同情は相手に示すだけにとどめ、自分ではそうした気持ちは持たないように細心の注意を払って心がけるべきだと私は思う。同情は、健全な魂にとっては何の役にも立たず、勇気を挫《くじ》くことにしかならない情念であって、そんな情念は、理性によっては何ごともなしえず、何かをなしとげるには情念を必要とする民衆のために残しておけばよい。私は友人たちを愛する。しかも、彼らのためなら自分の利益を犠牲にすることを一瞬たりともためらわない、そんな愛し方で愛している。私は友人たちに寛大であり、彼らの不機嫌にも辛抱強く耐えるし、どんなことでもあっさり許してしまう。ただし、彼らに対してそれほど親切にはしないし、彼らが不在でも、さほど心配しない。私は生まれつき、ほかの人たちならとうぜん好奇心を抱くだろうことの大部分に対してほとんど好奇心を抱かない。私はとても口が堅く、人が打ち明けてくれた秘密を守るのに、誰よりも苦労しないし、自分のした約束は固く守る。私がした約束がどんな結果をもたらそうとも、約束を破ることはけっしてない。私はそのことを、生涯を通じての金科玉条としてきた。私は女性に対してきちんと礼を尽くしており、彼女たちのまえでは不快を与えるようなことはけっして言わなかったと思う。彼女たちが健全な精神を備えている場合には、会話の相手として、私は男性よりもむしろ女性を好む。女性との会話には、男同士の会話ではけっして見られない優しい雰囲気が感じられるし、そのうえ、彼女たちは自分の考えをより明快に述べるばかりか、同じことを言うにも、感じのよい言い回しを使うように思われる。女好きかと言われれば、昔はいくぶんそうだったが、今は、まだ若いとはいえ、もはやそうではない。私は愛の言葉を使うことは永久に断念している。それだけに、甘い言葉で女を口説き続けている紳士たちがかくも多いことに驚くばかりである。私は恋の情念を心から称賛する。それは魂の偉大さを示しており、それがもたらす心の動揺には賢慮に反するところがあるとしても、このうえなく厳格な美徳ともみごとに一致できる以上、それをむやみに断罪するのは正しくなかろうと思う。私は、恋の大いなる感情には繊細さと強さが含まれていることをよく知っており、もしいつか私自身が恋するようになったとしたら、もちろん、そのような恋をするだろう。しかし、私はこのとおりの人間だから、そうした知識も知識のままで終るだろうと思う。

# 注

**道徳的考察〈1～18＊〉**

1＊ロシュフコーの時代、文学サロンで心の世界を地図で表すことが流行していた。

2＊アウグストゥス（ガイウス・ユリウス・カエサル・オクタヴィアヌス、前六三―後一四）とマルクス・アントニウス（前八二―前三〇）は、カエサルの死後、最初は同盟を結んでいたが、やがて反目し、アントニウスがクレオパトラへの愛に溺れ、妻であったアウグストゥスの姉と離婚したため、両者は覇権をかけて戦い、勝ったアウグストゥスがローマ帝政初代の皇帝となった。

3＊古代の哲学者たち、とりわけセネカを指している。

4＊ヴェネツィア総督は、当時、まったくの名誉職となっていた。

5＊この狂人はトラシュロスといい、狂気を直してもらったが、現実の悲惨さを目の当たりにして、狂気に戻りたいと言ったとされる。

6＊原語は coquet（te）および coquetterie。コケットとは、とくに女性について、異性の気を引きたがる、色気を見せる、こびる、さらには、おしゃれな、粋な、気取った、といった意味である。コケットリーとは、コケットであること。

7＊原語は honnêtes gens。honnête という形容詞には、「誠実な、正直な」という意味に加えて、「立派な、気高い、礼儀正しい」という意味がある。honnêtes gens（複数）、honnête homme（単数）は、とくに十七世紀の社交界で、家柄・教養・マナーに秀でた人、つまり紳士を指す。

8＊コンデ公（一六二一―八六）とチュレンヌ元帥（一六一一―七五）は当代フランスきっての名将であった。

9＊原語は honnêtes gens。注7を参照されたい。

10＊原語は honnête homme。注7を参照されたい。

11＊原語は tempérament。当時は、人間の気質は四体液（血液・リンパ液・黄胆汁・黒胆汁）の配分（tempérament）によって決まるとされていた。それゆえ、tempérament は「体質」でもあり、「気質」でもある。

12＊いわゆる「粉を吹いた」状態。

13＊原語 magnanimité はラテン語の magnanimitas（心の偉大さ、高貴さ）に由来する。

14＊原語は humeurs。四体液（血液・リンパ液・黄胆汁・黒胆汁）のことで、当時は、これらの体液の配合によって、心身の調子、病気、気質が説明されると考えられていた。

15＊押韻を構成する語があらかじめ与えられ、それを変えずに、意味の通る詩を作る遊び。十七世紀中ごろのサロンで流行した。

16＊ホラティウスの有名な言葉《nil admirari》（何ごとにも驚くなかれ）をふまえているとされる。

17＊たとえば、将軍コンデ公は宮廷で嫌われ、遠ざけられて遠征軍の指揮を執り、勇名を馳《は》せた。

18＊小カトー（前九五―前四六）、ローマの政治家。カエサルに反逆して籠城《ろうじょう》し、華々しい自死をとげた。ブルトゥス（前八五―前四二）、ローマの政治家。カエサル暗殺の首謀者。その後、戦いに敗れ、やはり自死をとげた。

**削除された箴言〈19～20＊〉**

19＊グアリーニ（ジョヴァンニ・バチスタ、一五三八―一六一二）。

20＊小判鮫（rémora）は、吸盤のようなもので、大きな魚、あるいは固い物体、たとえば船底などにしっかり張り付いて離れない。古代人は、小判鮫には船を停める力があると信じていた。

**没後収録の箴言〈なし〉**

**さまざまな考察**

I　真実性について〈21～25（1）～（5）〉

21（1）スキピオ（前二三六―前一八四）はローマの名将で、カルタゴの名将ハンニバル（前二四七―前一八三）の好敵手。前二〇二年、スキピオはザマでハンニバルを破る。ファビウス・マクシムス（前二七五ごろ―前二〇三）、マルケルス（前二七〇ごろ―前二〇八）はいずれもローマの将軍。プルタークは前者の深慮遠謀を盾にたとえ、後者の勇猛を剣にたとえた。

22（2）やもめの話は「マルコによる福音書」十二・四二―四四。

23（3）エパミノンダス（前四一〇―前三六二）はギリシアの将軍、政治家。ウェルギリウス（前七〇―前一九）はローマ最大の詩人。

24（4）スペイン王フェリーペ二世（一五二七―九八）は息子のドン・カルロスを獄死させたといわれる。

25（5）シャンティイはコンデ公の城館。リアンクールはラ・ロシュフコー家の領地のひとつ。

II　交際について〈なし〉

III　風貌と物腰について〈なし〉

Ⅳ　会話について〈なし〉

Ⅴ　信頼について〈なし〉

Ⅵ　恋と海〈なし〉

Ⅶ　手本について〈26〜33（1）〜（8）〉

26（1）ティベリウス（前四二―三七）とネロ（三七―六八）はいずれもローマ皇帝で、それぞれ残忍な暴君として有名。

27（2）ディオゲネス（?―前三二三）はギリシアの犬儒派《けんじゅは》の哲学者。

28（3）キケロ（前一〇六―前四三）はローマ最大の雄弁家、政治家、著述家。

29（4）ポンポニウス・アティクス（前一〇九―前三二）はローマの貴族でキケロの親友。

30（5）マリウス（前一五七―前八六）、スラ（前一三八―前七八）はいずれもローマの将軍。

31（6）ルクルス（前一一七―前五六）はローマの将軍。

32（7）アルキビアデス（前四五〇ごろ―前四〇四）はアテネの将軍、政治家でソクラテスの弟子だが、富と美貌に恵まれ、放埒《ほうらつ》な生活を送った。アントニウス（前八二―前三〇）はローマの将軍、クレオパトラの魅力の虜《とりこ》になった。

33（8）カトー（大カトー、前二三四―前一四九）はローマの政治家。農民の出身で、古いローマの素朴さを護《まも》るべく、洗練されたギリシア文化の侵入を防ごうとした。

Ⅷ　嫉妬の不確かさについて〈34（1）〉

34（1）シシュフォスはギリシア神話中の人物。ゼウスを欺いた罪により、永劫《えいごう》の罰を下された。

**Ⅸ　恋と人生**〈なし〉

**Ⅹ　趣味について**〈なし〉

**Ⅺ　人間と動物の類似について**〈35（1）〉

35（1）畑の番をしている犬（chiens de jardinier）は、自分は野菜や果物を食べないのに、それを食べようとする人を追い払う。転じて、けちなねたみ屋のたとえとなる。

**Ⅻ　病気の起源**〈36（1）〉

36（1）古代ギリシア人は、人類の歴史を、金、銀、銅、鉄の四時代に区分した。黄金時代、人間は善良で純粋であり、社会も平和で幸福であったが、銀、銅、鉄と時代が下るにつれて、人間は堕落し、社会も悪くなっていった、とされる。

**XIII　にせものについて**〈なし〉

**XIV　自然と運命が作り出す模範について**〈37～41（1）～（5）〉

37（1）ポンペイウス（前一〇六―前四八）はローマの将軍、政治家。カエサルらと第一次三頭政治を始めたが、のちにカエサルと対立し、戦って敗れた。

38（2）カエサルを暗殺したブルトゥスはカエサルの子とされていた。

39（3）小カトー（前九五―前四六）は大カトーの曾孫、禁欲的正義派で共和国を救うべくカエサルと対立した。

40（4）コンデ公とチュレンヌ元帥については注8を参照されたい。

41（5）オランダ戦争のこと。コンデ公もチュレンヌも参加、一六七五年七月、チュレンヌは戦死した。

XV コケットな女と老人〈42（1）〉

42（1）『アマディス・デ・ガウラ』はスペインの騎士物語で、十七世紀のフランスでよく読まれた。

XVI 精神（才気）の諸相〈なし〉

XVII 心変わりについて〈なし〉

XVIII 引退について〈なし〉

XIX 今世紀の出来事〈43～66（1）～（24）〉

43（1）アンリ四世（一五五三―一六一〇）。ブルボン王朝の祖。ナントの勅令を発布して、信教の自由を認め、宗教戦争を終結せしめた。

44（2）マリ・ド・メディシス（一五七三―一六四二）はイタリア・フィレンツェのメディチ家の出身。

45（3）アルマン・ド・リシュリュー（一五八五―一六四二）。マリ・ド・メディシスの寵を受け、ルイ十三世の顧問官、枢機卿、宰相となり、絶対王政を確立した。

46（4）アンジュ・ド・ジョワユーズ（一五六七―一六〇八）。アンリ・ド・ジョワユーズのこと。彼の兄弟のひとりはアンリ三世の寵臣、別のひとりは枢機卿で、一族はかなりの権勢を誇っていた。

47（5）ブラガンサ公ジョアン四世（一六〇四―五六）。ポルトガル再独立によって、ブラガンサ王朝を開いた。

48（6）サン＝マール（一六二〇―四二）。ルイ十三世とリシュリューの寵臣で、高位に上ったが、反リシュリューの陰謀に加わって処刑された。

49（7）アンヌ＝マリ＝ルイーズ・ドルレアン（一六二七―九三）。ルイ十三世の弟ガストンの長女。モンパンシエ嬢、グランド・マドモアゼルと呼ばれる。

50（8）ローザン公、ピュイギレム侯、アントナン・ノンパル・コーモン・ラ・フォルス（一六三三―一七二三）。ガスコーニュから宮廷に出、ピュイギレム侯を名乗り、その才覚でルイ十四世の寵を得て出世する。

51（9）モンテスパン夫人（一六四一―一七〇七）。ルイ十四世の愛人。当時、宮廷内に隠然たる勢力を持っていた。

52（10）アルフォンソ六世（一六四三―八三）。前記のジョアン四世を継いで即位したが、精神薄弱で無能であった。

53（11）マリ＝エリザベート＝フランソワーズ・ド・サヴォワ＝ヌムール（一六四六―八三）。結婚は一六六六年。

54（12）ポルトガル公、のちのポルトガル王ペドロ二世（一六四八―一七〇六）。兄王アルフォンソ六世を廃して摂政となり、兄王の死後、王となった。

55（13）トマソ・アニエロ、通称マサニエル（一六二〇―四七）。当時スペイン支配下にあったナポリで、果物の関税問題にからんで、一六四七年、ナポリのスペイン副王アルコスに対する反乱を起こした。

56（14）スウェーデン女王クリスティーナ（一六二六―八九）。学問・芸術を愛し、豊かな教養を持つ。デカルトをはじめとするフランスの学者文人を宮廷に招いた。

57 (15) クロムウェル（一五九九—一六五八）のこと。一六四九年にチャールズ一世を処刑し、共和制を敷いた。

58 (16) ウィレム三世（一六五〇—一七〇二）のこと。当時はオランダの統領。のちの英国王オレンジ公ウィリアム三世。

59 (17) ヤン・デ・ヴィット（一六二五—七二）のこと。共和国に殉じた政治家。

60 (18) レオポルト一世（一六四〇—一七〇五）のこと。オーストリア＝ハプスブルク家フェルディナント三世の次子で一六五八年に神聖ローマ皇帝となる。

61 (19) カール五世（一五〇〇—五八）は神聖ローマ帝国皇帝でスペイン王も兼ねた。

62 (20) チャールズ二世（一六三〇—八五）。父チャールズ一世処刑後、スコットランド王となり、王政復古を実現したが、カトリック勢力を強化し、議会に対抗するため、一六七〇年、ドーヴァーの密約でルイ十四世と手を結ぶ。しかし彼は一六七七年にこの密約を破棄してオランダに接近した。

63 (21) ヨーク王女（一六六二—九四）。チャールズ二世の弟ジェームズ二世の娘。のちにウィリアム三世（オレンジ公、オラニエ公）とともに、メアリ二世としてイギリスを共同統治する（一六八九—九四）。

64 (22) ヘリオガバルス（二〇四—二二二）。ローマ皇帝、淫蕩《いんとう》で残忍、そのため殺害された。

65 (23) ギリシア人は信用できないという考えは、ウェルギリウスの英雄叙事詩『アエネーイス』中の「たとえ贈り物を持ってきても、私はギリシア人を恐れる」という文句がことわざとして伝えられたことによる。

66 (24) メデイアはギリシア神話の人物。夫に捨てられ、その復讐のため、夫と自分の子を殺す。

## 今世紀の出来事　補遺

### 1　モンテスパン夫人の肖像〈67〜69（1）〜（3）〉

67 (1) 正しくはフランソワーズ＝アテナイス・ド・ロシュシュアール（一六四一—一七〇七）。ルイ十四世の寵姫。

68（2）ルイーズ・ド・ラ・ヴァリエール（一六四四—一七一〇）。

69（3）モントジエ公爵夫人ジュリー・ダンジェーヌ（一六〇七—七一）。サロンで有名なランブイエ侯爵夫人の娘。

2　レ枢機卿の肖像〈70～72（1）～（3）〉

70（1）ジャン＝フランソワ＝ポール・ド・ゴンディ（一六一三—七九）。すぐれた説教者であり、『回想録』は今日でも古典とされる。フロンド派であったが、枢機卿推挙の約束と引きかえにマザラン側に寝返ったことで、ラ・ロシュフコーとも対立した。

71（2）ジュール・マザラン（一六〇二—六一）。イタリアに生まれ、教皇の特使としてパリに出、リシュリューの信任を得る。四二年に宰相となり、フロンドの乱を鎮圧し、抑圧と懐柔により王権の強化に成功した。

72（3）レは一六五二年に逮捕され、一六五四年にナント城から脱出した。

3　リシュリュー枢機卿の出世時代についての覚え書き〈73～81（1）～（9）〉

73（1）アルマン・ジャン・デュ・プレシ（一五八五—一六四二）。リシュリューはデュ・プレシ家の領地の名。一六〇七年ポワトゥー地方の司教区リュソンの司教となる。マリ・ド・メディシスに登用され、顧問官となる。一時、母后マリとともに追放されたが、母后とルイ十三世の和解調停に成功して一六二二年枢機卿となり、二四年には事実上宰相となる。

74（2）アンクル（ダンクル）侯爵、元帥、コンシーノ・コンシニ（?—一六一七）。フィレンツェ出身、マリ・ド・メディシスについてフランスに来る。王妃マリの乳姉妹レオノラ・ガリガイと結婚、マリを利用してつぎつぎに顕職を手に入れ、ついに元帥になる。ルイ十三世の親政開始とともにリュイーヌが登用され、コンシニは逮捕される際、銃弾を受けて死亡。

75 (3) ヌヴェール司教ユスターシュ・デュ・リス。

76 (4) フランソワ・ジョゼフ・ル・クレール・デュ・トランブレ（一五七七—一六三八）。軍人からカプチン修道会修士になり、一六一六年ごろからリシュリューの黒幕となって暗躍する。

77 (5) リュイーヌ公の腹心ギシャール・デアジャン・ド・サン＝マルスラン。

78 (6) リュイーヌ公爵シャルル・ダルベール（一五七八—一六二一）。ルイ十三世にもっとも信頼された寵臣でコンシニ暗殺後宰相となる。

79 (7) いずれもコンシニによって政治の中枢から遠ざけられていた。ヴィルロワは顧問官。

80 (8) コンシニ殺害後、実権を握ったルイ十三世は、一六一七年五月、母親を追放した。

81 (9) 国王と母后の和解を図ったリシュリューは、アングレームの和約をまとめたが、母后は承服せず、一六二〇年八月七日、ポン＝ド＝セで国王軍が母后軍を破ることによって、ようやく和約が成立し、母后は宮廷に戻った。

4　アルクール伯爵〈82〜84 (1)〜(3)〉

82 (1) アルクール（ダルクール）伯爵、アンリ・ド・ロレーヌ（一六〇一—一六六六）。リシュリュー、マザランに仕え、フロンドの乱では、宮廷軍の指揮官としてコンデ公らと戦った。

83 (2) 現在のレランス諸島。地中海沿岸にあり、要塞になっていた。

84 (3) いずれも、三十年戦争中の対スペインおよびサヴォワとの戦い。

**ラ・ロシュフコー自画像〈なし〉**

# 訳者あとがき――近代人の宿命としての自己愛

『箴言集』の最大のテーマが自己愛（amour-propre）であることは、誰が読んでも明らかであろう。

もともと初版では、冒頭にラ・ロシュフコーが書いた箴言の中でも最大規模の箴言が掲げられていたが、それはまさに自己愛についてのきわめて詳細な記述であった。「自己愛とは、自分自身を愛する愛、またすべてを自分のためにだけ愛する愛である。自己愛ゆえに、人はみずからを偶像のごとく崇拝するし、また運よくその手段が与えられるなら、自分以外の人間を暴君のように支配する……」

この箴言は第二版からは削除されているが（本書では「削除された箴言」の1として収録）、それは、この長い文章が簡潔を旨とする箴言という文学形式には相応しくないという判断とともに、自己愛というものの実態をあからさまに描きすぎたという思いもあったためだろう。しかし、この削除された箴言に語られている自己愛についてのラ・ロシュフコーの考えは、第五版、すなわち最終版においても、まったく変わっていない。じっさい、第五版においても、最初から自己愛についての箴言が並んでいるし（2、3、4）、自己愛に直接言及していなくとも、そこに述べられている人間観、そこに描き出されている人間像の背後には、自己愛という根本原因が潜んでいることがはっきりうかがわれる箴言が多い。たとえば「道徳的考察」の巻頭言として掲げられている「われわれの美徳とは、たいていの場合、偽装された悪徳にほかならない」という言葉の裏には、そのようにわれわれが美徳を装って悪徳をなすのは、まさしく自己愛のせいなのだ、ということが自明の前提としてある。このように、自己愛こそが『箴言集』の最大のテーマなのである。

それにしても、なぜラ・ロシュフコーはあえて自己愛を『箴言集』の主要テーマに据えたのか。よく言われるのは、彼が、前半生において、さまざまな挫折、幻滅、失望を味わったために、深刻なペシミズムや人間嫌いに陥ったことが、その大きな要因だというものである。たしかに、それも一因として挙げることはできるだろう。十六世紀、十七世紀という近代の黎明期に当たる動乱と変革の時代にあって、誰もが、自分の保身のためには、また私欲を満たすためには、どんなことでもすることをラ・ロシュフコーは目の当たりにしただろうし、自分自身もその例外ではないことを骨身にしみて感じたことであろう。しかし、ラ・ロシュフコーが自己愛を人間の本性そのものであり、誰もその本性から逃れることができないと考えていたとすれば、それを自明のこととして受け入れるにとどまり、けっして自著の主要テーマに据えるようなことはしなかったであろう。彼が自己愛を自著の主要テーマに据えたのは、自己愛に対する明確な批判意識があったからである。つまり、自分自身をも含めて、同時代の人間は自己愛を免れないとしても、自己愛は人間の真実のあり方ではない、自己愛は真の人間性の腐敗堕落である、ということがラ・ロシュフコーの言わんとしているところである。

人間は本来、今あるようなものとして造られているわけではない。その確かな証拠として、人間は理性的になればなるほど、自分の感情や性向のでたらめさ、卑しさ、そして退廃に、ひそかに赤面せざるを得なくなる。(「没後収録の箴言」10)

生まれつきの凶暴さも、自己愛ほどには残酷な人間を生み出しはしない。(「削除された箴言」32)

以上のふたつの箴言は、自己愛は人間の本性ではなく、本性の腐敗堕落であることを明言したものと言えよう。第五版、つまり最終版の巻頭に置かれた「書肆から読者へ」においても、つぎのように述べられている。

〔……〕本書に収められたすべての考察を支える根本思想と言ってもよいのですが、著者は人間というものを原罪によって本性が腐敗した嘆かわしい状態において考察したということです。ですから、著者が見せかけの美徳の背後に隠された無数の欠点を暴き出しているとしても、それは神が格別の恩寵によってお守りくださっている人びとにはまったくかかわりのないことです。

この文面については、単なる社交辞令にすぎないとか、世間の批判をかわすための、さらには検閲にひっかからないための、逃げ口上なのだとか、言われることもあるようだが、はたしてそうだろうか。

たしかに、箴言のなかには、当時のキリスト教徒を揶揄したものも見られる。

たいていの友人はわれわれを友情嫌いにさせる。たいていの信心家がわれわれを信心嫌いにさせるように。（「道徳的考察」427）

信心家になろうとする者は多いが、誰も謙虚になろうとはしない。（「没後収録の箴言」35）

そのうえ、ラ・ロシュフコーの時代、まだ宗教戦争の記憶が生々しかったし、彼の一族もそれに巻き込まれてもいたのであって、彼自身、イデオロギーとしての、また制度・組織としてのキリスト教（カトリックであれプロテスタントであれ）には不信を抱き、さらには嫌悪を感じていたということも十分考えられる。

しかしその一方、ラ・ロシュフコーの家系は、記録に残っているだけでも、紀元一千年頃までさかのぼり、キリスト教を基盤とした中世の精神性は騎士道として代々伝えられ、ラ・ロシュフコー自身の心のうちにも深く刻まれていたはずである。彼がキリスト教の核心を正しく理解していたことを示すと思われる箴言をつぎに挙げてみたい。

ほかの情念が混じらない純粋な愛というものがあるとしても、それは心の奥底に隠され、われわれ自身も知らない愛である。（「道徳的考察」69）

この箴言が語っている「純粋な愛」とは、神の愛、あるいはキリストの愛にほかならない。「われわれ自身も知らない」としても、この「純粋な愛」がわれわれの「心の奥底に隠され」ていることを、ラ・ロシュフコーは深く信じていたのである。

あるいは、つぎのような箴言。

謙虚さとは、神が唯一そこで犠牲を捧げてもらいたいと願っている祭壇である。（「没後収録の箴言」38）

謙遜はキリスト教的美徳の真の証である。謙遜がなければ、われわれはあらゆる欠点をそのまま持ち続けるだろう。そうは見えないとしても、慢心がそうした欠点を、他者《ひと》にも、そしてわれわれ自身にも、押し隠しているだけのことである。（「道徳的考察」358）

謙虚、謙遜とは、慢心、傲慢、つまりは自己愛の否定であり、原罪を犯した人間が神のもとに戻るための唯一の道なのである。

自己愛そのものに関しても、つぎのような箴言がある。

神は、原罪を犯した人間を罰するために、自己愛をみずからの神として崇めることを許した。その結果、人間は、生涯のあらゆる行動において、自己愛に苛まれ続けることになった。(「没後収録の箴言」22)

このように見てくれば、「著者は人間というものを原罪によって本性が腐敗した嘆かわしい状態において考察した」という言葉を疑ったり、否定したりするいかなる理由もないことが納得されるはずである。

以上のことを踏まえたうえで、つぎに自己愛の起源、そして自己愛の本質をキリスト教の観点から解き明かすことを試みたい。

キリスト教の根本原理は、神は世界を、そして人間を含めたあらゆる存在を、無から創造した、ということにある。しかもそれは、かつて始原において、世界と世界におけるあらゆる存在を一度だけ創造したというのではなく、たった今もなお、その創造活動は続いており(「イエスはお答えになった。『わたしの父は今もなお働いておられる』」「ヨハネによる福音書」五—十七)、それなくしては、人間を含めあらゆる被造物が無に帰してしまう。言い換えるなら、神とはあらゆる存在を在らしめている〈存在〉そのもの、あらゆるものを生かしている〈いのち〉そのものである。

人間についてはさらに、神自身にかたどり、神自身に似せて、造られたということが加わる（「神は言われた。『我々にかたどり、我々に似せて、人を造ろう』」「創世記」一―二十六）。それはつまり、神は人間をひとりの自己＝「私」として造ったということである。そもそも、真に自己＝「私」であり得るのは、世界を無から生み出すことができるがゆえに、世界の真の主体である神だけである。それゆえ神が、神自身にかたどり、神自身に似せて、人間を造ったということは、神はみずからの自己＝「私」を人間に与えたということである。ところが、原理的に言って、ひとつの自己＝「私」は、他の自己＝「私」とひとつの場に、ひとつに重なって存在することはできない。したがって、神が人間に自己＝「私」を与えるということは、人間に自己＝「私」を与えたその場から、みずからは退去することを意味する。つまり、それは神の自己否定の行為だということである。神は自分を無にして人間を在らしめたのだ。いったいなぜ？　それは、人間というひとりの他者を生み出したい、在らしめたいという純粋なる愛からとしか言いようがない。しかもその愛は、みずからを無にする愛、自己犠牲的愛である。イエスの十字架上での死は、まさにこの自己犠牲的愛を体現するものであり、また「友のために自分の命を捨てること、これ以上に大きな愛はない」（「ヨハネによる福音書」十五―十三）ということがキリスト教的美徳の要諦になっているのも、それゆえである。

こうして自己＝「私」として造られた人間は、当初は、神から与えられたままの自己＝「私」として、やはり神によって創造されたこの世界を純粋に映し出す透明な鏡となり、そこに映る世界を純粋に楽しんでいたことであろう。それがエデンの園である。しかし自己＝「私」であるとは、主体であり得るということ、自由意志を持ち得るということである。主体であり得ること、自由意志を持ち得ることを自覚し、かくして神から独立した主体として、自由意志に従って生き始めることによって、人間は神から離反する。それが原罪であり、まさにそこに自己愛の起源がある。

この間の事情を、現代フランスの哲学者ミシェル・アンリはつぎのように説明している（アンリの引用はすべて『キリストの言葉』武藤剛史訳・白水社刊から）。

さきに見たように、たしかに自己＝「私」として造られた人間は、その本性からして、自由意志を持ち、主体的に生きることができる。じっさい、人間は誰もが、目を開ける、手を伸ばす、身体全体を動かすといった能力を意のままに駆使している。もちろん、「私の自己、私のいのちを私に与えたのは私自身ではない」ように、「そうした能力を私に与えたのもけっして私自身ではない」のだが、これらの与えられた諸能力を人間は自由に駆使することができることから、つぎのような事態が発生する。

そこで、これらの能力のひとつひとつを自分が望むときに意のままに発揮できるという驚くべき力を恒常的に生きている自己は、自分自身がそれらの能力の源泉であるとたやすく信じ込んでしまう。つまり自己は、それらの能力を自分に与えているのは自分自身である、それらの能力を駆使するそのたびごとに、その力を自分自身から引き出しているのだ、と想像する。自分こそ自分の存在を構成するこれらすべての能力の源泉にして根拠であると信じ込んだ自己は、ついには、自分こそ自分の存在の源泉にして根拠であると信じ込むにいたる。こうして大いなる幻想が生まれる。自分自身に対してまったく受動的である自己、つねにいのちにおいてあらかじめ自分自身に与えられてしまっている自己、自分自身の意志とはかかわりなしに、いのちのうちに置かれてしまっている自己、その自己が、いまや、少なくとも彼自身の目には、全能の〈主体〉、自分自身の主人、言い換えるなら、生ける者、自分の自己、自分の能力や才能、そうしたみずからの存在条件のいわば絶対の原理となってしまったのである。

このように「自分こそ自分の存在の源泉にして根拠であると信じ込む」こと、それによって、自分こそ「絶対の原理」であると思いなすこと、そこに自己愛の起源がある。

自己は、自分がその中で生み出されたいのちとの内的関係をまったく無視して、自分を自分自身で存立し、誰に対しても何ひとつ負うことのないエゴ＝主体とみなす。自分を自分の経験——自分や自分の体に関わる経験であれ、他者に関係する経験であれ——の場の中心に置きながらも、この自己は、自分から抜け出し、この世で彼の関心を惹くものへと突き進み、それを自分の偶像にしようとする。だがじっさいには、すべてを自分に引き寄せ、あらゆるものにおいて自分自身の快楽しか求めないこの自己は、結局のところ、自分自身を偶像化しているのだ。

もちろん、「自分こそ自分の存在の源泉にして根拠である」と信じ込むのは人間の幻想にほかならない。パウロは、そうした幻想を、つぎのように痛烈に批判している。

いったいあなたの持っているもので、いただかなかったものがあるでしょうか。もしいただいたのなら、なぜいただかなかったような顔をして高ぶるのですか。(『コリントの信徒への手紙 一』四―七)

それゆえ、「自分こそ自分の存在の源泉にして根拠である」と信じ込んだ自己は、そう信じ込むことによって、神を否認し、神から離反することになる。だが、神を否認し、神から離反することは、まさしく自分の存在の源泉・根拠を失うことを意味する。要するに、原罪を犯した人間の自己とは、じつはひとつの深刻な欠落体、まさに自分の存在の源泉・根拠そのものを欠いた空虚な存在にほかならないのである。

ラ・ロシュフコーの同時代人であるパスカルはつぎのように述べている(パスカルの引用はすべて『パンセ (上)』塩川徹也訳・岩波文庫より)。

かつて人間のうちには真の幸福があったのに、今や中身のない刻印と痕跡だけしか残されていない〔……〕。人間は自分を取り巻くものでその空虚を満たそうとむなしく試み、現前しているものからは得られない助けを、不在のものから得ようとするが、いずれも助けをもたらすことはできない。なぜならこの無限の深淵を満たすことができるのは、無限で不動の対象、すなわち神ご自身しかないからだ。

そこで、人間はみずからが抱えたこの「空虚」、「無限の深淵」を満たすべく、神の代わりになるものを探し求めることになる。

神お一人が人間の真の善だ。そして人間が神のもとを去って以来、奇怪なことだが、自然のうちの何であれ、神の代わりになれなかったものはない。〔……〕ある人々はそれを権威のうちに、他の人々は好奇心と学問のうちに、また別の人々は悦楽のうちに求める。

パスカルはまた、神の口を借りて、つぎのようにも述べている。

だがきみたちはもはや、私によって造られた状態にはいない。私は人間を清らかで無垢そして完全なものとして創造した。〔……〕しかし人間はこれほどの栄光を支えきれず、増上慢に陥った。自分で自分の中心となり、私の助力から独立しようとした。私の支配から逃れ、自分自身のうちに至福を見出したいとの欲望に駆られて、私と肩を並べようとした。

このように、自分の真の主である神を否定し、神にとって代わろうとした人間は、みずからのうちに「空虚」、「無限の深淵」を抱え込み、それを満たそうとする無限の渇望を抱くのだが、その無限の渇望は、ほんとうは神に向けられるべきなのに、自分で自分の中心になろうとする自己中心性ゆえに、もっぱら自分自身に向けられる。つまり、自己を強化し、拡大することによって、「空虚」、「無限の深淵」を埋めつくそうという方向に働くのだ。そんなふうにして、自分をさらに強くしたい、さらに大きくしたいという飽くなき欲望こそ、自己愛の正体である。

このように見てくれば、自己愛がけっして人間の本性・本能ではないことは明らかだろう。自己愛の起源を動物の生存本能に求める考えもあるが、自己愛と動物の生存本能は似て非なるものである。動物の生存本能はあくまで自分の生存に必要な条件を確保するためのもので、それ以上ではけっしてない。動物は、飢え死にしないために、子孫を残すために、また自分のテリトリーを護るために、命がけで闘うこともあるが、その目的が達せられるなら、すぐにも闘うことをやめる。それに対して、自己愛とは自分が強くなる、大きくなること自体を目的とする欲望、ニーチェの言う「力への意志」そのものであり、しかもその欲望には限りがない、つまりは歯止めが利かないのである。だからこそ、人間の自己愛は動物の生存本能よりはるかに激しく、またはるかに残酷になり得るのだ。

『箴言集』における自己愛と並ぶキーワード、情念・情熱（passions）、野心（ambition）、傲慢・慢心・うぬぼれ（orgueil）、悪徳（vice）、偽善（hypocrisie）、虚栄（vanité）、嫉妬（jalousie）、羨望（envie）なども、すべて自己愛＝「力への意志」と関連している、というよりも、すべて自己愛＝「力への意志」から生まれるのである。

情念・情熱は、さまざまな形を取り、さまざまな対象を持つが、いずれにせよ、その対象を所有したり、支配したりすることによって、自分を満たしたい、自分が豊かになりたい、大きくなりたいという欲望、つまりは自己愛のさまざまな変奏にほかならない。

　情熱とは、自己愛の多様な好みにほかならない。（「没後収録の箴言」28）

なかでも野心は権力、富、名声、社会的地位という力を手に入れたいという欲望、「力への意志」そのものである。

傲慢・慢心・うぬぼれは、自分が強い人間、大きい人間であることを自負し、自慢する感情、あるいは自分をそう思い込む幻想ないしは錯覚であるが、それも自分が強くありたい、大きくありたいという自己愛から生まれている。

悪徳とは、自己強化、自己拡大のために道義や正義を無視し、手段を選ばずに外部の力、すなわち富、権力、社会的地位などを手に入れようとすることである。

偽善は、善や美徳に付随する社会的評価、すなわち評判、名誉、名声、人気などを掠め取るために、善や美徳を装うことにあるが、これも、評判、名誉、名声、人気という社会的力を不当に手に入れ、それを自分のために利用しようとするゆがんだ欲望にほかならない。

虚栄とは、自分がじっさいに持っていない美点あるいは長所をあたかも持っているかのように振る舞うことであるが、これも美点ないし長所が与えてくれる社会的力を、その資格も能力もないのに、不当に得ようとする欲望から生まれる。

さらに嫉妬、羨望、怨念（ressentiment）は、強くなりたい、大きくなりたいという激しい欲望を抱いているにもかかわらず、それが叶わない人間が、すでに強くなり、大きくなっている（つまりは権力、富、名声、社会的地位を得ている）人間に対して抱く感情であり、それはまさに、自分が強くなりたい、大きくなりたいという「力への意志」の裏返しの感情である。

ひとたび自己愛に支配された人間は、こうしたさまざまな情念に引きずられ、苛まれるが、自分自身のうちに生まれた情念をどう処理することもできない。それはつまり、自分のうちに抱えている「空虚」、「無限の深淵」をどうあがいても埋め尽くすことができないからである。

人間とはじつにみじめな存在である。どんなことをするのも、自分の情念を満足させるためであるのに、その情念の横暴にたえず苦しんでいる。情念の激しさにも耐えられないが、その軛から脱するのに必要な努力の大きさにも耐えられない。（「没後収録の箴言」21）

さらに付け加えれば、自己愛に支配される人間が抱く愛（amour）は、あくまで相手を所有したいという欲望でしかあり得ない。そもそも、自己愛に支配される人間にとって、他者は自分の欲得・利害（intérêt）の対象としてしか存在しないのである。それゆえ、自己愛に支配される人間にとって、愛するとは、自分の欲望を相手に投影し、その欲望の対象としての相手を所有したいという感情あるいは情念にほかならないが、それはつまるところ、自分の欲望自体を愛していること、自分の欲望自体を欲していることを意味するだろう。このように、所有欲でしかない愛には、真の意味での他者は不在である。以上のことを、ラ・ロシュフコーは、つぎのように巧みに言い表している。

男が恋人を愛しているのは彼女自身のためだと信じているとすれば、それは大きな間違いである。（「道徳的考察」３７４）

自分しか眼中にない人たちがいる。彼らは、恋に落ちた場合でさえ、愛する相手はそっちのけで、自分の情熱のとりこになってしまう。（「道徳的考察」５００）

恋愛ほどに、自己愛が強く支配する情熱はほかにない。だから、恋愛においては誰も、自分の心の安らぎを失うくらいなら、愛する相手の心の安らぎを犠牲にしてはばからない。（「道徳的考察」262）

そのうえ、いくら相手を所有したいと思っても、相手を完全に所有することは不可能である。たとえ、相手の肉体を所有し支配することはできても、相手の精神まで所有し支配することはけっしてできない。それゆえ、恋愛は必然的に嫉妬に変貌する。そして嫉妬とは、自分の欲望の対象を真に所有できないことの苦しみや恨み、つまりは傷つけられた自己愛にほかならない。

嫉妬には、相手への愛よりも自己愛のほうが多く含まれている。（「道徳的考察」324）

一言でいえば、自己愛に支配された人間には、真の愛は不可能だということである。

以上のように、原罪を犯した人間、つまり人間の真の源泉にして根拠である神から離反して、「自分こそ自分の存在の源泉にして根拠」であるとみなす人間、自分を絶対のエゴ＝主体とする人間は、必然的に自己愛に陥り、自己愛を根本原理として生きるほかなくなる。

とはいえ、中世の終わりまでは、人間の自己愛には一定の歯止めがかかっていた。歯止めの役割を果たしていたのは、何よりもまず、神こそ人間の主であるとして、人間に謙虚、遜《へりくだ》りを説くキリスト教であるが、もうひとつ、実際問題として、人間自身がこの地上でさほど強い存在ではなかったことがある。つまり、人間もまた自然の一部に過ぎず、自然の秩序に従わなければ生きていけないということ、自然の圧倒的な大きさ、自然の強大な力を前にすれば、人間は小さく弱い存在でしかないということを、中世の人びとは深く感じていたということである。

ところが、近代にいたって、自然と人間の関係が逆転する。それには、商業や交通の発展、大洋を横断し得る船の建造、その結果としての新大陸の発見、その他、いろいろな要素がかかわっているだろうが、ともあれ、それまで自然の一部であり、自然の秩序に従わなければ生きていけないと思っていた人間が、自然を制覇し得るという自信を抱くことで、世界を支配し、所有し、管理しようとする主体に変貌したのである。人間は世界の主人であり、世界は人間のためにこそある。まさしく人間中心主義（humanisme）の時代の到来である。

人間中心主義は、人間のエゴ＝主体を根本原理とする。当然ながら、人間中心主義の信奉者たちにとって、神は不要であるばかりか、邪魔な存在でしかない。人間は、自分の力だけで立派に生きていけるし、キリスト教が掲げる美徳さえ、神の助けを借りずとも、人間の力で実現できる。それが、ルネサンス期のユマニスト（humaniste）たちの信念であり、理想であったと思われる（むろん彼らは、表向きは、キリスト教、そして神の存在を否定してはいないし、多くの場合、いわゆる福音主義の立場をとってはいるが）。周知の通り、ルネサンスとは、狭義においては、古代ギリシア・ローマの文芸復興を意味する。当時のユマニストたちは、古代ギリシア・ローマの文芸のなかに、人間中心主義のあるべき姿を求め、とりわけ、古代ギリシアの代表的な哲人のひとりであるセネカに代表されるストア派の理想的人間像、すなわち理性と意志によってみずからを厳しく律する人間というものに、新しい時代を切り開く希望を見出したのである。

ところが、こうしたストア派の理想的人間像に対しては、早くも十六世紀後半の思想家モンテーニュが疑問を呈しているし、つぎの世紀に属するラ・ロシュフコーにいたっては、それをまやかしとして厳しく批判している。

古代の哲学者たち、とりわけセネカの教えは、人間のさまざまな罪を取り除くためのものではまったくなかった。むしろ彼らは、人間の傲慢を増長させるためにこそ、教え説いたのである。(「削除された箴言」21)

つまり、人間は真に自立できる、みずからの力で真理、正義、善、愛などの美徳を実践できる、というルネサンス期のユマニストたちの信念や理想はまやかしであり、神を離れた人間、自分を絶対のエゴ=主体と思いなす人間には、とうてい不可能だということである。というのも、神を離れた人間、自分を絶対のエゴ=主体と思いなす人間は、結局のところ、エゴイズムに引きずられ、自己愛を根本原理として生きるほかないからである。人間は真に自立できる、美徳をみずからの力で実践できるという考えは、人間の傲慢を増長させ、自己愛を肥大させることにしかならないのだ。

たしかに近代になっても、真理、正義、善、愛を実践すべしという美徳の概念は残っていたし、それを実践する人間は高く評価されていた（じっさい、そうした人間は社会に役立つし、ほかの人間の利益にもなり得る）。しかし、自己愛に支配された近代人には、美徳を真に実践することができない。というのも、美徳、少なくともキリスト教的美徳とは、キリストの人間に対する自己犠牲愛、すなわち「友のために自分の命を捨てること、これ以上に大きな愛はない」ということに由来するものであり、まさに自己愛の否定を大前提としているからである。それゆえ、自己愛に支配される人間にできるのは、せいぜい、美徳を実践するふりをしてそのことを誇るか、美徳に付随する社会的評価、つまり評判、名声、人気という力を掠め取るか、それだけのことである（傲慢、うぬぼれ、虚栄、偽善、悪徳……）。

それでもラ・ロシュフコーの時代の人びとは、少なくとも美徳を実践するふりをすること、偽善者であることにそれなりの意味（利得）を見出すことができた。しかしそれは、中世以来の伝統的道徳観・価値観が人びとの記憶の中にまだ残っていたからである。近代人は、やがて美徳の記憶、美徳の概念すら失ってしまうだろう。神との関係を断った人間、つまりは聖性の土台を失った近代人の運命、近代社会の実態について、ミシェル・アンリはつぎのように述べている。

人間の本性から、またそれに立脚するこの世から、あらゆる聖性の土台が奪い去られることによって、人間は物質的自然の人工性やあらゆる内的正当性を欠いた盲目的プロセスのネットワークに引き渡されている。自然的関係の相互性とは、すでに見たように、愛のそれではなく、敵対の相互性、物質的富、金、権力、名声のための闘いの相互性にほかならず、だからこそ、ペテン、奸計、虚言、不貞、妬み、憎しみ、暴力がはびこる。つまるところ、現代社会は万人が万人と闘う競争社会であり、その闘いはいくつもの党派が形成されることによって緩和されているにすぎない。じっさい、個人はそうした党派に属さないかぎり、現代のジャングルの中で生き延びることはできないのである。それこそ、キリストの逆説的な言葉、自分を迫害する人々を愛しなさいという言葉が力を失って以来、起こった事態である。ただこの言葉だけが、復讐と憎しみの連鎖を止めることができるのだ。

このように、自己愛＝「力への意志」をみずからの根本原理とする近代人、その延長としての現代人にとって、この世は万人が万人と闘う競争社会であるほかなく、そこでかろうじて平和が保たれているとしても、それはあくまで力の均衡のうえに立つ平和でしかない。現代社会のそうした事態は、すでにラ・ロシュフコーによって予見されている。

正義とは、自分が所有しているものを奪われるのではないかという強い恐れの感情にすぎない。だからこそ、われわれは、隣人のあらゆる既得権に配慮し、それを尊重するばかりか、隣人にけっして損害を与えないという原則を順守するのである。この恐れがあるからこそ、人間は、自分の生まれや運が与えてくれた財産以上に多くのものを欲しがろうとはしないのであって、もしこの恐れがなくなれば、すぐにも他者に襲いかかって、略奪行為を始めるだろう。(「削除された箴言」14)

近代社会およびその延長としての現代社会は、このように自己愛＝「力への意志」を根本原理として営まれている社会、万人が万人と闘う競争社会であり、このことが二十世紀の二度の大戦を引き起こしたとも言えよう。その後、七十年以上ものあいだ、個々の紛争はあったものの、少なくとも世界規模での戦争がなかったことは、二度の大戦を踏まえ、その反省に立ったうえでの一定の進歩であったことは疑いない。しかし現在の社会も万人が万人と闘う競争社会であることには変わりなく、闘いの場が経済の分野に移されただけのことである。経済は市場原理のうえに成り立っており、その市場原理は等価交換を原則とする。またさまざまな経済交渉においても、公平性ということが何よりも強く謳われている。しかし、本当に等価交換であれば利潤を生み出すことはできないはずだし、公平性ということも、それを言い出すのはたいてい強者であることを忘れてはなるまい。等価交換、公平性を原則とするということは、強者も弱者も同じ条件で闘うということを意味し、そうであれば、強者が必ず勝つことになる。要するに、等価交換や公平性とは、強者の論理であり、強者が勝って後ろめたさを覚えなくてすむための口実、弁明にすぎない。現代はグローバリゼーションの時代と言われる。それはすなわち市場原理が全世界に行き渡ったということで、世界全体が一元的に経済競争の渦中に巻き込まれたことを意味する。つまるところ、現代とは人間中心主義、すなわち自己愛＝「力への意志」が経済活動として世界を席巻した時代だということである。自然はことごとく産業のための資源やエネルギーとなり、人間もまた経済活動のための人材（消費者であることも含めて）でしかない。人間はもはや人材（消費者）となるほか生きるすべはなく、しかも優秀な人材となるべく、過酷な競争を強いられており、人材として役に立たない人間、あるいは役に立たなくなった人間は、容赦なく切り捨てられる。

中世の神中心の世界から、近代の人間中心の世界への転換は歴史の必然であり、人間は二度と中世に戻ることはできない、それゆえ、良かれ悪しかれ、われわれは人間中心主義すなわち自己愛＝「力への意志」という原理のもとに生きるほかないのだ——そんなふうに割り切るのも、ひとつの考えであろう。すなわち、原発も含めた科学技術の進歩発展を武器に、世界、自然、生命を支配・制御しつつ、未来を切り開いていく。もし環境破壊と資源枯渇の結果、地球が住めなくなれば、ほかの惑星に移住する。遺伝子操作を駆使して人間自身を改造するとともに、人間に役立つ生命を新たに作り出す。だが、仮にそれが可能としても、そんなふうにして最後まで生き残ることができるのは、ごくわずかな人間、よほど強大な権力を握った特権的人間に限られるだろうし、そもそも、それまでして自分だけが生き延びることに、どれほどの喜びがあり、どれほどの幸福があると言うのだろうか。

ここでもう一度反省すべきは、自己愛＝「力への意志」は人間の本性なのかどうか、ということであろう。すでに見たように、キリスト教からすれば、自己愛＝「力への意志」は人間が原罪を犯したことの結果であり、人間の本来のあり方からの逸脱、人間本性の腐敗堕落にほかならない。パスカルはつぎのように言う。

「人間のありようが二重であるのは火を見るより明らかではないか。」というのも、もし人間が決して腐敗したことがないのなら、彼は無垢のうちに真理と至福を確実に享受しているはずだ。そしてもし最初から腐敗したままであったとすれば、人間には真理も至福も、それが何のことだか分からないだろう。だが私たちは何とも不幸なことに、しかも私たちのありように偉大さがない場合よりいっそう不幸なことに、幸福についてのイメージはもっているのに、それに到達できない。真理についてのイメージも感じているのに、虚偽しか所有できない。まったくの無知に留まることも、確実な知識にいたることもできない。私たちがもっと完全な状態にあったのに、そこから不幸にも転落したのは、明々白々ではないか。

ラ・ロシュフコーの考えは、以上のパスカルの考えとさほど違うわけではない。

武藤剛史

# 解説

鹿島　茂

私は二十歳のときに、ある種の偶然に導かれて大学でフランス文学を専攻し、以来、五十年近くフランス文学と付き合ってきましたが、その付き合いを言葉であえて表現すると、『水戸黄門』などのテレビ時代劇でしばしばつぶやかれる次のセリフに要約されます。

「おぬしも、ワルよのう」

そう、フランス文学というのは、とことん底意地の悪い文学で、底意地の悪い著者が他者の心を底意地悪く分析し、さまざまな善良な仮面の下に隠された「悪」を白日のもとにさらすのを本質としています。バルザックしかり、フロベールしかり、プルーストしかりです。したがって、心優しい善男善女は、フランス文学を読んではいけないのです。

ところで、私は自分でも本当に底意地が悪い人間だと自覚していましたので、バルザックやフロベールやプルーストを知ったときには、まさしく「おぬしも、ワルやのう」と底意地の悪い連帯感を覚えたものです。

しかし、フランス文学の本当の底意地の悪さを知ったのは、共立女子大学のフランス語フランス文学コースの研究室で、本書の翻訳者の武藤剛史先生とともにフランス文学の大先輩である河盛好蔵先生の影響で、フランス・モラリスト文学に親しむようになってからです。なかんずく、ラ・ロシュフコーの『箴言集』にはうちのめされました。これだけ完璧に底意地の悪い文学というものは存在しないと思ったからです。

以後、『箴言集』は、底意地の悪い人間と自覚した私のバイブルとなりましたが、しかし、このバイブルの本当に底意地の悪いところは、私がいま述べてきたようなことに対してもまた容赦なく底意地の悪い観察の眼を向けている点です。

たとえば、ラ・ロシュフコーなら私のテクストを一読してこんなマクシム（箴言）を投げ付けるにちがいありません。

「自分で自分のことを底意地が悪いという人間は、そのように発言することによって自分は正直な人間だと人から認められると信じ、自己愛をちゃっかりと満たしているのである」

これはラ・ロシュフコーの箴言ではなく、私が創作したものです。マクシムにしては歯切れが悪いのはそのためですが、しかし、この自家製マクシムはラ・ロシュフコーが定義する自己愛の次のような本質から演繹されたものにほかなりません。

「自己愛の国では、すでにどれほど多くのことが発見されているとしても、まだまだ多くの未知の土地が残されている」

いかにも、自己愛の国の領土は広大無辺であって、自分の底意地の悪さを正直に認めるといった類いの、一見すると自己愛の国には属さないように見える態度でも、じつは、正直と見せかけるというその部分において立派に自己愛を満たしているので、これまた自己愛の国の領土の一部であることは歴然としているのです。

では、なにゆえに自己愛の国の領土はこれほどまでに広大無辺なのでしょうか？

それは自己愛の類い稀な変身能力にあります。自己愛は怪盗ルパン、怪人二十面相のごとく、変幻自在に姿を変えて、どんなところにも、またどんなときにでも姿を現すスーパー・アンチ・ヒーローなのです。

「自己愛の柔軟さはたとえようもなく、その変貌ぶりは変身のすべを上回り、その精緻さは化学のそれを上回る」

つまり、自己愛はどんなものにも変身可能なので、外見だけでは絶対にそれと見抜くことは不可能です。美徳にも変身するし、悪徳にも変身します。ラ・ロシュフコーは、こうした怪盗を追いかける名刑事のごとく、あるいはジャン・ヴァルジャンを追跡するジャベール刑事のごとく、変身した自己愛の仮面を次々に暴いていきます。

「自己愛は、当人の気質が多様であるのに応じて、さまざまな傾向を持ち、名声や栄光を追い求めることもあれば、富や快楽を追い求めることもある。自己愛は、われわれの年齢に応じ、また運の成り行きに応じ、さらには経験に応じて、追い求めるものを変えていき、一度に複数のものを追い求める場合もあれば、ひとつだけに集中する場合もあるが、自己愛自身は、そんなことはいっこうに気にかけない」

このように、怪盗を追いかける名刑事がかならずや怪盗に深く魅せられて、怪盗を自己のレーゾン・デートル（存在理由）とするように、ラ・ロシュフコーも変幻自在に姿をくらまし、何にでも変身する自己愛に深く魅了されてゆきます。そして、最後には、こう結論づけるのです。

「要するに、自己愛が何かを追い求めるのは、自分がそれを欲するからであって、それ以外の理由はないのだ」

おそらく、こう書き留めたとき、ラ・ロシュフコーはなにゆえに自分が自己愛摘発の刑事となっているのか、その理由を悟ったにちがいありません。そう、マクシムの「自己愛が何かを追い求めるのは」というところを、「自己愛とは何であるかを追い求めるのは」と変えると、ラ・ロシュフコーがこの『箴言集』を書き上げた理由そのものになるのです。つまり、「自分がそれを欲するからであってそれ以外の理由はないのだ」ということです。ラ・ロシュフコーは自己愛を「欲している」のです。

ところで、ラ・ロシュフコーが下した自己愛についてのこうした定義を読んでいくと、フランス文学の愛好家なら、同時代のもう一人のモラリストであるパスカルのこんな言葉を思い出すにちがいありません。

「わたしたちはけっしてモノを探すのではない。モノの探求を求めるのである」（『パスカルパンセ抄』飛鳥新社、拙訳）

パスカルはこうした「モノの探求の探求」の原因を気晴らしに求めていますが、ラ・ロシユフコーは自己愛こそがこうした「モノの探求の探求」の根本原因だとしています。どちらも、「モノの探求の探求」こそが人間存在の本質であると認めている点では変わりありません。つまり、常に何かを追い求めていなくてはいられないのが人間の本質である、とする点で両者は完全に一致しているのです。

ラ・ロシュフコーは、この「モノの探求」の中には、じつに変なものも含まれているので、よほどしっかり観察しないと識別は難しいが、しかし、それらがすべて自己愛から来ていることは明らかであると断定します。

「自己愛は気まぐれであり、ときには、まったく自分の得にならないもの、むしろ損になるものですら、このうえなく熱心に、信じられないほど苦労して、手に入れようとする。（中略）自己愛は変人であり、しばしば、じつに取るに足らないものに夢中になるし、じつに陳腐なものに無上の喜びを見いだすし、じつにみじめったらしいものに有頂天になったりもする」

この指摘など、コレクションという「じつに取るに足らないもの」「まったく自分の得にならないもの、むしろ損になるもの」を集めて喜々としている私には耳の痛い言葉ですが、ラ・ロシュフコーの自己愛摘発はこのレベルにはとどまりません。なんと、自己愛と闘い、これを無にしようとしている人の心の中にも自己愛は入りこみ、延命するのだと分析しているのです。

「自己愛と闘っている人びとの陣営にさえ加わり、彼らの目論見のなかにも忍び込む。じつに見あげたことだが、自己愛は彼らとともに自分自身を憎み、自分がいなくなることを願い、自分を破滅させるために努力さえする。要するに、自己愛は自分が存在し続けることしか眼中になく、存在することさえできるなら、自分の敵になってもよいとすら思っている。だから、自己愛がときにこのうえなく厳格な禁欲に加担し、大胆にも自分を滅ぼすべく、それと一致協力することがあったとしても、驚くには当たらない。というのも、自己愛は、あるところでは自分を滅ぼすとしても、それと同時に、別のところではちゃっかりと自分を復活させているのだ」

ふーむ、と唸らざるをえない鋭い考察です。私はこれにひどく感心したので、ラ・ロシュフコーの自己愛理論の呼び名を変えてドーダ理論というものを打ち立てました。ドーダというのは、「ドーダすごいだろ、まいったか！」のドーダで、東海林さだおさんの命名ですが、私はドーダをさらに下分類して、すぐに自己愛を発見できるわかりやすいドーダを「陽ドーダ」、むしろドーダの正反対であるようなドーダを「陰ドーダ」と、それぞれ名付け、これにもとづいて何冊か著作をものしました。

その結果、わかったことがあります。およそ、人の発言、行動、思考でドーダ、すなわち自己愛から発しないものはひとつもない、という事実でした。つまり、ラ・ロシュフコーは全面的に正しかったということです。

自己愛こそは、人間の業そのものであり、これを滅ぼすことは不可能なのです。なぜなら、自己愛は自分で自分を滅ぼしても、別のところで自分を復活させるからです。自己愛はゾンビのように死んでも死なないのです。個々の人間が死んでも、自己愛は霊魂のように不滅であり、個々の人間を超えたところで復活するのです。

　これは、日本でいえば、永井荷風、太宰治、三島由紀夫のような、ほとんど「業」に等しい自己愛を持っていた作家は、自身が死んでも、その自己愛が霊魂のように昇華して、何度でも「全集」となって復活するのをみればわかります。

　こうなると、自己愛は、リチャード・ドーキンスのいう「利己的な遺伝子」に等しいものとなります。

　われわれ人類は、自己愛という超越的存在が次々に乗り換えていくビークル（乗り物）にすぎず、最初から最後まで自己愛に駆り立てられて一生を終えるというのに、そのことに気づきもしないのです。

　というわけで、私は、ラ・ロシュフコーを、自然選択を発見したダーウィン、無意識や死の本能を探りあてたフロイト、そして利己的な遺伝子を主張したドーキンスに先駆けて、「人間を超える、より強いもの」の発見を行った巨人の列に加えたいと思いますが、あるいはラ・ロシュフコーにいわせれば、こうした「ホール・オブ・フェイム（名声の殿堂）」への格上げもまた、それを行う人の自己愛の発露にすぎないということになるかもしれません。

　最後になりましたが、私が共立女子大学に在籍していた三十年間、フランス語フランス文学コースの研究室で隣席におられた武藤剛史先生が、これまた同僚だった故・河盛好蔵先生のモラリスト文学の顕賞というご遺志を継ぐかたちでこうした立派な訳業を達成されたことを心の底から喜びたいと思います。同僚として働いていると、その先生の語学的実力、歴史的・思想的理解力の深さ、さらには人格的な大きさなど、すべてわかるものですが、武藤先生はいずれの点においても文句のつけようのない、学生にとっても、同僚にとっても最良の先生でした。

本書が新訳ながら『箴言集』の定訳となることを願ってやみません。ちなみに、これはドーダ、すなわち自己愛の発露ではありません。こういっても、ラ・ロシュフコーは信じてくれないかもしれませんが。

（明治大学教授）

## マ行



## ヤ行



## ラ行



## ワ行

## ナ行



## ハ行

## タ行

## サ行

# 語彙索引

「道徳的考察」「削除された箴言」「没後収録の箴言」を対象とする。

数字は箴言の番号を示す。「道徳的考察」のものは無印とし、「削除された箴言」は［　］、「没後収録の箴言」は｛　｝で、それぞれ数字をくくった。

## ア行



## カ行

*本書は、講談社学術文庫のための新訳です。

ラ・ロシュフコー（La Rochefoucauld）

ラ・ロシュフコー公爵フランソワ6世。1613-1680年。モラリスト文学者。フランス貴族であったが，政争に敗れ，隠退する。その後はサロンで活動し，『箴言集』『回想録』などを著す。

武藤剛史（むとう　たけし）

1948年生まれ。京都大学大学院博士課程中退。共立女子大学名誉教授。専攻はフランス文学。著書に『プルースト　瞬間と永遠』，訳書に『異端カタリ派の歴史』など多数。

---

講談社学術文庫

定価はカバーに表示してあります。

箴言集《しんげんしゅう》

ラ・ロシュフコー／武藤剛史《むとうたけし》 訳

2019年7月10日　第1刷発行
2021年4月26日　第3刷発行

発行者　鈴木章一
発行所　株式会社講談社
東京都文京区音羽2-12-21 〒112-8001
電話　編集（03）5395-3512
販売（03）5395-4415
業務（03）5395-3615
装　幀　蟹江征治
印　刷　株式会社廣済堂
製　本　株式会社国宝社
本文データ制作　講談社デジタル製作



---

ISBN978-4-06-516593-5

# 「講談社学術文庫」の刊行に当たって

これは、学術をポケットに入れることをモットーとして生まれた文庫である。学術は少年の心を養い、成年の心を満たす。その学術がポケットにはいる形で、万人のものになることは、生涯教育をうたう現代の理想である。

こうした考え方は、学術を巨大な城のように見る世間の常識に反するかもしれない。また、一部の人たちからは、学術の権威をおとすものと非難されるかもしれない。しかし、それはいずれも学術の新しい在り方を解しないものといわざるをえない。

学術は、まず魔術への挑戦から始まった。やがて、いわゆる常識をつぎつぎに改めていった。学術の権威は、幾百年、幾千年にわたる、苦しい戦いの成果である。こうしてきずきあげられた城が、一見して近づきがたいものにうつるのは、そのためである。しかし、学術の権威を、その形の上だけで判断してはならない。その生成のあとをかえりみれば、その根は常に人々の生活の中にあった。学術が大きな力たりうるのはそのためであって、生活をはなれた学術は、どこにもない。

開かれた社会といわれる現代にとって、これはまったく自明である。生活と学術との間に、もし距離があるとすれば、何をおいてもこれを埋めねばならない。もしこの距離が形の上の迷信からきているとすれば、その迷信をうち破らねばならぬ。

学術文庫は、内外の迷信を打破し、学術のために新しい天地をひらく意図をもって生まれた。文庫という小さい形と、学術という壮大な城とが、完全に両立するためには、なおいくらかの時を必要とするであろう。しかし、学術をポケットにした社会が、人間の生活にとってより豊かな社会であることは、たしかである。そうした社会の実現のために、文庫の世界に新しいジャンルを加えることができれば幸いである。

一九七六年六月　　　　野間省一

## 西洋中世奇譚集成 魔術師マーリン

ロベール・ド・ボロン著／横山安由美訳・解説

神から未来の知を、悪魔から過去の知を授かった神童マーリン。やがてその力をもって彼はブリテンの王家三代を動かし、ついにはアーサーを戴冠へと導く。波乱万丈の物語にして中世ロマンの金字塔、本邦初訳！

2304

## 人間不平等起源論 付「戦争法原理」

ジャン＝ジャック・ルソー著／坂倉裕治訳

身分の違いや貧富の格差といった「人為」で作り出された不平等こそが、人間を惨めで不幸にする。この不平等の起源と根拠を突きとめ、不幸を回避する方法とは？　幻の作品『戦争法原理』の復元版を併録。

2367

## 論理学 考える技術の初歩

E・B・ド・コンディヤック著／山口裕之訳

ロックやニュートンなどの経験論をフランスに輸入・発展させた十八世紀の哲学者が最晩年に記した、若者たちのための最良の教科書。これを読めば、難解な書物も的確に、すばやく読むことができる。本邦初訳。

2369

## 人間の由来（上）（下）

チャールズ・ダーウィン著／長谷川眞理子訳・解説

『種の起源』から十年余、ダーウィンは初めて人間の由来と進化を本格的に扱った。昆虫、魚、両生類、爬虫類、鳥、哺乳類から人間への進化を「性淘汰」で説明。我々はいかにして「下等動物」から生まれたのか。

2370・2371

## 愉しい学問

フリードリヒ・ニーチェ著／森　一郎訳

『ツァラトゥストラはこう言った』と並ぶニーチェの主著。随所で笑いを誘うアフォリズムの連なりから「永遠回帰」の思想が立ち上がり、「神は死んだ」という鮮烈な宣言がなされる。第一人者による待望の新訳。

2406

## 革命論集

アントニオ・グラムシ著／上村忠男編・訳

イタリア共産党創設の立役者アントニオ・グラムシの、本邦初訳を数多く含む待望の論集。国家防衛法違反の容疑で一九二六年に逮捕されるまでに残した文章を精選した。ムッソリーニに挑んだ男の壮絶な姿が甦る。

2407

## 工藝の道

柳　宗悦著（解説・水尾比呂志）

工芸の美を発見し、評価した記念碑的論文集。民芸研究家柳宗悦が宗教学者から転じ、工芸の美を世に知らしめた最初の著述。それまで顧みられなかった工芸に作為のない健康の美、本物の美があることを論じる。

1724

## 太平記〈よみ〉の可能性　歴史という物語

兵藤裕己著（解説・川田順造）

忠臣と異形の者。楠正成が見せる異なる相貌。太平記よみの語りによって既存の神話やイデオロギーは掘り崩されてゆく。物語として共有される歴史が新たな現実を紡ぐダイナミズムを解明する戦記物語研究の傑作。

1726

## バロック音楽

皆川達夫著

音楽ファンを魅了する名曲の数々。オペラやカンタータ、ソナタやコンチェルト。多種多様で実り豊かな音楽の花園、バロック音楽とはどのような音楽なのか。その特徴と魅力をあまさず綴る古楽への案内書。

1752

## 民藝とは何か

柳　宗悦著

大文字版

本当の美は日用品のなかにこそ宿る。昭和初頭に創始された民藝運動。美術工芸品ではなく、日用雑器の美を追求した柳宗悦。彼はなぜこの思想にめざめ、何をめざしたのか？　民藝論への格好の入門書。

1779

## みちの辺の花

杉本秀太郎文／安野光雅絵

カラー版

日本の四季のうつろいを彩る花々。みちの辺でふと出会う野の花、山の花。季ごとに届けられた花を詩情豊かに描き、また、愛する花へのあふれる思いを綿々と綴る。身近で秘やかに咲く花への恋情こもる画文集。

1782

## バロック音楽名曲鑑賞事典

礒山《いそやま》　雅《ただし》著

心の深奥を震わす宗教音楽、古楽器が多彩に歌う協奏曲、宮廷を彩る典雅な調べ、誕生したてのオペラ。カッチーニ、モンテヴェルディからヘンデル、バッハまで、西洋音楽史の第一人者が厳選した名曲百曲の魅力。

1805

## 文学・芸術

### 近代文化史入門　超英文学講義
高山　宏著

ニュートンが新たな詩の形式を生み、王立協会がシェイクスピアを葬った。科学、歴史学、哲学、辞典、造園術、博物学……。あらゆる知の領域を繋ぎ合わせて紡ぎ出す、奇想天外にして正統な文化の読み方。

1827

### 中世・ルネサンスの音楽
皆川達夫著

グレゴリオ聖歌、ポリフォニー・ミサ曲、騎士世俗歌曲……。バロック以前の楽曲はいかに音楽史の底流を流れ続けたか。ヨーロッパ音楽の原点、多彩で豊かな中世・ルネサンス音楽の魅力を歴史にたどる決定版。

1937

### 漢詩鑑賞事典
石川忠久編

滔々たる大河、汲めども尽きぬ漢詩の魅力をいかに味わい、楽しむか。古代の『詩経』から現代の魯迅まで、中国の名詩二百五十編に現代語訳・語釈・解説を施し、日本人の漢詩二十四編、「漢詩入門」も収録する。

1940

### 北欧神話と伝説
V・グレンベック著／山室　静訳

キリスト教とは異なる独自の北方的世界観を有していたヨーロッパ周縁部の民＝ゲルマン人。荒涼にして寒貧な世界で育まれた峻厳偉大なる精神を描く伝説の魅力に迫る。北欧人の奥深い神話と信仰世界への入門書。

1963

### バッハ＝魂のエヴァンゲリスト
礒山　雅著

なぜ、心にこれほど深い慰めをもたらすのか。人生への力強い肯定を語るのか。三百年の時を超えて人々の魂に福音を与え続ける楽聖の生涯をたどり、その音楽の本質と魅力を解き明かした名著、待望の改訂新版！

1991

### 漢文法基礎　本当にわかる漢文入門
二畳庵主人・加地伸行著

訓読のコツとは。助字の「語感」をどう読み取り、文章の「骨格」をいかに発見するか。一九七〇年代より版を重ねながら受験生を支え続けてきた名著を修補改訂。中国古典を最高の友人にしたい人に贈る本格派入門書。

2018